Johann Wolfgang von Goethe

»Du Einzige, die ich so lieben kann...«

Liebesbriefe

herausgegeben und erläutert
von
Werner Fuld

DIANA VERLAG

Diana Taschenbuch Nr. 62/0059

Bildnachweis:
Goethe-Nationalmuseum, Weimar

Redaktion: Ralf Dürr

Der Diana Taschenbuchverlag ist ein Unternehmen der
Wilhelm Heyne Verlag GmbH & Co. KG, München
Printed in Germany 1999

Umschlaggestaltung: Hauptmann und Kampa
Werbeagentur, CH-Zug, unter Verwendung des Bildes
eines unbekannten Künstlers um 1781/1782
Nationale Forschungs- und Gedenkstätten, Schloß Tiefurt
Satz: Schaber Satz- und Datentechnik, Wels
Druck und Bindung: Elsnerdruck, Berlin

ISBN 3-453-15279-4

http://www.heyne.de

Lieben belebt.

Goethe

Vorwort

Was ist wahr an den Geschichten über Goethes Liebesaffären, und was ist später von den Biographen hinzugedichtet worden? Sein Leben ist so vollständig dokumentiert wie kaum ein anderes, aber gerade über Goethes Beziehungen zu Frauen gibt es nur wenige verläßliche Zeugnisse. Dafür hat nicht zuletzt Goethe selbst mehrfach gesorgt, als er in verschiedenen Stadien seines Lebens jene Dokumente verbrannte, die für uns heute von unschätzbarem Wert wären – zum ersten Mal am 7. August 1779, als er vor seinem 30. Geburtstag gemäß der damaligen Lebenserwartung meinte, daß »die Hälfte des Lebens vorüber ist«: »Zu Hause aufgeräumt, meine Papiere durchgesehen und alle alten Sachen verbrannt. Andre Zeiten, andre Sorgen. Stiller Rückblick aufs Leben, auf die Verworrenheit, Betriebsamkeit, Wißbegierde der Jugend, wie sie überall herumschweift, um etwas Befriedigendes zu finden.«

Damals hatte Goethe alle Zeugnisse seiner frühen Jahre vernichtet, Briefe seiner Freundinnen und Freunde ebenso wie eigene Aufzeichnungen. Solche Autodafés wiederholten sich im Februar 1818 und wenige Monate vor seinem Tod. Goethe wußte sehr genau um seine literarhistorische Bedeutung, und er wußte auch, daß nach seinem Tode jede Zeile seines Nachlasses veröffentlicht werden würde. Mit dem Vernichten mißliebiger Dokumente wollte und konnte er das Bild bestimmen, das die Nachwelt von ihm haben sollte. So verschwanden alle allzu freizügigen Briefe an seine spätere

Frau Christiane ebenso wie alle Zeugnisse seines Verhältnisses mit der Schauspielerin Corona Schröter in der ersten Weimarer Zeit, als er gleichzeitig die verheiratete Charlotte von Stein bestürmte.

Aber auch die Frauen haben aus Sorge um ihren Ruf und den ihrer Familie zur Vernichtung von Dokumenten nicht unwesentlich beigetragen: Frau von Stein verlangte im Zorn alle ihre Briefe von Goethe zurück und verbrannte sie, während Sophie Brion aus falscher Scham alle Erinnerungsstücke an die große Liebe ihrer Schwester Friederike nach deren Tod verschwinden ließ. Leider besitzen wir auch keine direkten schriftlichen Zeugnisse über Goethes Beziehung zu der schlesischen Dame Henriette von Lüttwitz, der er im September 1790 einen Heiratsantrag machte, jedoch vom Vater abgewiesen wurde, weil er nicht von Adel, also keine standesgemäße Partie war. Diese in allen biographischen Darstellungen verheimlichte Episode ist nur durch Dritte belegt und wirft ein eigenartiges Licht auf Goethes Verhältnis zu Christiane, die er vermutlich samt dem noch nicht einjährigen Sohn als Mätresse abgeschoben hätte, wenn ihm die adlige Heirat, wie er sich wohl erhoffte, einen besseren Stand in der Weimarer Hofgesellschaft ermöglicht hätte.

Was wir heute noch an Dokumenten über Goethes Liebesbeziehungen besitzen, ist ein absichtsvoll reduzierter Rest, der schon manchen Biographen zu Irrtümern und Fehlschlüssen verleitet hat. Als ab 1848 die Briefe Goethes an seine Geliebte Charlotte von Stein veröffentlicht wurden, war es für den Sohn Fritz wichtig, an »das Band der Ehe« zu erinnern, das »meine Mutter von Goethe entfernt hielt«. Der Sohn wollte mit der Leugnung eines ehebrecherischen Verhältnisses die

Ehre der Familie wahren. Das ist aus damaliger Sicht verständlich. Sonderbarerweise hat sich jedoch nicht allein diese platonische Lesart der Briefe durchgesetzt, sondern Goethe soll nach dem Willen der Biographen vor seiner Italienreise (ab 1786) überhaupt keine sexuellen Erfahrungen gesammelt haben. Diese zuletzt von dem orthodoxen Freudianer Kurt R. Eisler vertretene These ist allerdings bei unvoreingenommener Lektüre der Quellen nicht haltbar.

Die überlieferten Briefe Goethes an die Mädchen und Frauen, die er liebte, zeigen uns einen durchaus modernen Menschen, der offen mit seinen Gefühlen umging. Wir kennen Goethe als großen Dichter, als Naturforscher, Minister und Staatsmann – hier jedoch, in seinen Liebesbriefen, ist er, ungeschützt von Ruhm und Würde, nur ein verletzlicher Mensch. Und doch in allen Herzensverwirrungen immer er selbst: »Und ich, ich werde Goethe bleiben. Sie wissen, was das heißt: Wenn ich meinen Namen nenne, nenne ich mich ganz ...«

Käthchen Schönkopf

Käthchen Schönkopf

1746–1810

Anna Katharina Schönkopf war die Tochter eines Leipziger Weinhändlers und Gastwirts. Goethe, der damals als Student in Leipzig lebte, nannte sie Annette oder Käthchen. Beide wußten, daß aufgrund des Standesunterschiedes ihre Beziehung nicht von Dauer sein würde. Einem Freund schrieb Goethe: »Ich liebe ein Mädchen, ohne Stand und ohne Vermögen, und jetzt fühle ich zum allerersten Male das Glück, das eine wahre Liebe macht. Das vortreffliche Herz meiner S. ist mir Bürge, daß sie mich nie verlassen wird, als dann, wenn es uns Pflicht und Notwendigkeit gebieten werden, uns zu trennen.«

Ein Leipziger Bekannter beschrieb das Verhältnis so: »Er liebt ein Mädchen, das unter seinem Stand ist, aber ein Mädchen, das – ich glaube nicht zuviel zu sagen – das Du selbst lieben würdest, wenn Du es sähest ... Denke Dir ein Frauenzimmer, wohlgewachsen, obgleich nicht sehr groß, ein rundes, freundliches, obgleich nicht außerordentlich schönes Gesicht, eine offne, sanfte, einnehmende Miene, viele Freimütigkeit ohne Koketterie, einen sehr artigen Verstand, ohne die größte Erziehung gehabt zu haben. Er liebt sie sehr zärtlich, mit den vollkommen redlichen Absichten eines tugendhaften Menschen, ob er gleich weiß, daß sie nie seine Frau werden kann.«

Da sie sich täglich trafen, sind aus der glücklichen Zeit ihrer Liebe keine Briefe erhalten. Weil sich im Laufe des

Jahres 1768 Goethes Gesundheitszustand unerklärlicherweise immer mehr verschlechterte, dachte er bald an Trennung und Abreise. Einem Freund vertraute er sich an: »Wir lieben einander mehr als jemals, obwohl wir einander gleich seltner sehen. Ich habe den Sieg über mich erhalten, sie nicht zu sehen, und nun dachte ich, gewonnen zu haben, aber ich bin elender als vorher; ich fühle, daß die Liebe sich selbst in der Abwesenheit erhalten wird. Ich kann leben, ohne sie zu sehen, nie, ohne sie zu lieben ... Ich kann, ich will das Mädchen nie verlassen, und doch muß ich fort; aber sie soll nicht unglücklich sein ... Sie soll glücklich sein. Und doch werde ich so grausam sein und ihr alle Hoffnung nehmen. Das muß ich.«

Und einen Monat später, im April 1768: »Wir haben uns getrennt, wir sind glücklich ... Es war ein schrecklicher Zeitpunkt bis zur Erklärung, aber sie kam, die Erklärung, und nun – nun kenn' ich erst das Leben. Sie ist das beste, liebenswürdigste Mädchen, nun kann ich Dir schwören, daß ich nie aufhören werde, das für sie zu fühlen, was das Glück meines Lebens macht ... Es sind heute zwei Jahre, daß ich ihr zum erstenmal sagte, daß ich sie liebte. Wir haben mit der Liebe angefangen und hören mit der Freundschaft auf. Doch nicht ich. Ich liebe sie noch, so sehr, Gott, so sehr.«

Ohne Abschied von den Freunden verließ Goethe am 28. August 1768, an seinem neunzehnten Geburtstag, Leipzig, um nach Frankfurt zurückzukehren und dort langsam wieder zu gesunden. Auf einen Brief Käthchens antwortete er am 1. November:

Meine geliebteste Freundin, noch immer so munter, noch immer so boshaft. So geschickt das Gute von einer falschen Seite zu zeigen, so unbarmherzig einen Leidenden auszulachen, einen Klagenden zu verspotten, alle diese liebenswürdigen Grausamkeiten enthält Ihr Brief; und konnte die Landsmännin der Minna (von Barnhelm) anders schreiben?

Ich danke Ihnen für eine so unerwartet schnelle Antwort, und bitte Sie auch inskünftige, in angenehmen, muntern Stunden an mich zu denken, und wenn es sein kann, an mich zu schreiben; Ihre Lebhaftigkeit, Ihre Munterkeit, Ihren Witz zu sehen, ist mir eine der größten Freuden, er mag so leichtfertig, so bitter sein, als er will.

Was ich für eine Figur gespielt habe, das weiß ich am besten, und was meine Briefe für eine spielen, das kann ich mir vorstellen ... Was für Sie übrigbleibt? Was das für eine Frage ist. Sie haben meine ganze Liebe, meine ganze Freundschaft, und das allerbesonderste Kompliment ist doch noch lange nicht der tausendste Teil davon ...

Aus dem Brief eines Bekannten erfuhr Goethe im Frühjahr 1769, daß Käthchen sich in Leipzig verlobt hatte. Er reagierte auf diese Nachricht eifersüchtig und schrieb Käthchen einen verärgerten Brief.

1. Juni 1769
Das Schreiben wird mir sauer, besonders an Sie. Wenn Sie es nicht aparte befehlen, so kriegen Sie keinen Brief wieder vor dem Oktober. Denn, meine liebe Freundin, ob Sie mich gleich Ihren lieben Freund und manchmal Ihren besten Freund nennen, so ist doch um den besten Freund immer ein langweilig Ding. Kein Mensch mag eingemachte Bohnen, solange man frische haben kann. Frische

Hechte sind immer die besten, aber wenn man fürchtet, daß sie gar verderben mögen, so salzt man sie ein, besonders, wenn man sie verführen will. Es muß Ihnen doch komisch vorkommen, wenn Sie an all die Liebhaber denken, die Sie mit Freundschaft eingesalzen haben, große und kleine, krumme und grade; ich muß selbst lachen, wenn ich dran denke. Doch Sie müssen die Korrespondenz mit mir nicht ganz abbrechen, für einen gepökelten Hering bin ich noch artig genug ... Ich bin, so viel als möglich, Ihr ergebenster Freund G.

28. August 1769 (an Goethes 20. Geburtstag)
Es ist sonderbar, heut vor einem Jahre sah ich Sie zum letztenmal, es ist ein närrisches Ding um ein Jahr, was alles sein Gesicht in einem Jahre verändert; ich wette, wenn ich Sie wiedersehen sollte, ich kennte Sie nicht mehr. Vor drei Jahren hätte ich geschworen, es würde anders werden, als es ist. Man soll für nichts schwören, behaupte ich: Es war eine Zeit, da ich nicht fertig werden konnte, mit Ihnen zu reden, und jetzt will all mein Witz nicht hinreichen, eine Seite an Sie zu schreiben ... O könnte ich die drittehalb Jahre zurückrufen. Käthchen, ich schwöre es Ihnen, liebes Käthchen, ich wollte gescheiter sein.

12. Dezember 1769
Meine liebe, meine teure Freundin,
ein Traum hat mich diese Nacht erinnert, daß ich Ihnen eine Antwort schuldig bin. Nicht, als wenn ich es so ganz vergessen hätte, nicht, als wenn ich nie an Sie dächte, nein, meine Freundin, jeder Tag sagt mir was von Ihnen und von meinen Schulden. Aber es ist seltsam, und es ist eine Empfindung, die Sie vielleicht auch kennen wer-

den, die Erinnerung an Abwesende wird durch die Zeit nicht ausgelöscht, aber doch verdeckt. Die Zerstreuungen unsres Lebens, die Bekanntschaft mit neuen Gegenständen, kurz jede Veränderung unsres Zustandes tun unserm Herzen das, was Staub und Rauch einem Gemälde tun, sie machen die feinen Züge ganz unkenntlich, und die starken weniger sichtbar, und das so unmerklich, daß man nicht weiß, wie es zugeht. Tausend Dinge erinnern mich an Sie, ich sehe tausendmal Ihr Bild, aber so schwach und oft mit so wenig Empfindung, als wenn ich an jemand Fremdes gedächte; es fällt mir oft ein, daß ich Ihnen eine Antwort schuldig bin, ohne daß ich den geringsten Zug empfinde, Ihnen zu schreiben. Wenn ich nun Ihren gütigen Brief lese, der schon etliche Monate alt ist, und Ihre Freundschaft sehe und Ihre Sorge für einen Unwürdigen, da erschrecke ich vor mir selbst und empfinde erst, was für eine traurige Veränderung in meinem Herzen vorgegangen sein muß ...

Wenn ich meinem Traum glauben darf, so sehen wir einander wieder, aber ich hoffe, noch sobald nicht, und was an mir liegt, will ich seine Erfüllung hinauszuschieben suchen. Wenn anders ein Mensch etwas wider das Schicksal unternehmen kann. Ehemals schrieb ich Ihnen etwas rätselhaft von dem, was mit mir werden würde. Jetzt läßt sich's deutlicher sagen, ich werde den Ort meines Aufenthalts verändern und weiter von Ihnen wegrücken. Nichts soll mich mehr an Leipzig erinnern als ein ungestümer Traum, kein Freund, der daherkommt, kein Brief. Und doch merke ich, daß mich es nichts helfen wird: Geduld, Zeit und Entfernung werden das tun, was sonst nichts zu tun vermag; sie werden jeden unangenehmen Eindruck auslöschen und unserer Freundschaft, mit dem Vergnügen, das Leben wiedergeben, daß wir uns nach einer Reihe von Jahren mit ganz andern Augen, aber mit eben dem Herzen wiedersehen werden.

Bis dahin leben Sie wohl. Doch nicht ganz bis dahin. Binnen einem viertel Jahre sollen Sie noch einen Brief von mir haben, der Ihnen den Ort meiner Bestimmung, die Zeit meiner Abreise melden wird, und Ihnen das zum Überfluß noch einmal sagen kann, was ich Ihnen schon tausendmal gesagt habe. Ich bitte Sie, mir nicht mehr zu antworten, lassen Sie mir's durch meinen Freund sagen, wenn Sie noch etwas an mich haben sollten. Es ist das eine traurige Bitte, meine Beste, meine Einzige von Ihrem ganzen Geschlechte, die ich nicht Freundin nennen mag, denn das ist ein nicht bedeutender Titel gegen das, was ich fühle. Ich mag Ihre Hand nicht mehr sehen, so wenig als ich Ihre Stimme hören möchte ...

Leben Sie wohl, geliebteste Freundin, nehmen Sie diesen Brief mit Liebe und Gütigkeit auf, mein Herz mußte doch noch einmal reden ... Leben Sie tausendmal wohl, und denken Sie manchmal an die zärtlichste Ergebenheit

Ihres

Goethe ...

23. Januar 1770

Meine liebe Freundin,

wahrhaftig, es war mein ganzer Ernst, da ich meinen letzten Brief schriebe, keine Feder wieder anzusetzen, Ihnen zu schreiben; aber es war sonst auch oft mein ganzer Ernst, etwas nicht zu tun, und Käthchen konnte es mich tun machen, wie es ihr beliebte ...

Frankfurt bin ich nun endlich satt, und zu Ende des Märzens geh' ich von hier weg. Zu Ihnen darf ich nun doch nicht kommen, das merk' ich, denn wenn ich Ostern käme, so wären Sie vielleicht noch nicht verheira-

tet. Und Käthchen Schönkopf mag ich nicht mehr sehen, wenn ich sie nicht anders sehen soll als so. Zu Ende März gehe ich also nach Straßburg, wenn Ihnen daran was gelegen ist, wie ich glaube. Wollen Sie mir auch nach Straßburg schreiben? Sie werden mir eben keinen Possen tun. Denn Käthchen Schönkopf – nun, ich weiß ja am besten, daß ein Brief von Ihnen mir so lieb ist als sonst eine Hand.

Sie sind ewig das liebenswürdige Mädchen und werden auch die liebenswürdige Frau sein. Und ich, ich werde Goethe bleiben. Sie wissen, was das heißt. Wenn ich meinen Namen nenne, nenne ich mich ganz, und Sie wissen, daß ich, so lang als ich Sie kenne, nur als ein Teil von Ihnen gelebt habe ... Von Straßburg ziehe ich nach Paris und hoffe, mich da sehr wohl zu befinden und vielleicht eine gute Zeit da zu bleiben. Und hernach – das weiß Gott, ob daraus was wird. Nun, auf Ostern wird dann hoffentlich Ihre Verbindung vor sich gehen ... Es sieht doch aus, als wenn Sie mich nicht möchten. Freien Sie mir eine von Ihren Freundinnen, die Ihnen am ähnlichsten ist, denn was soll das Herumfahren. In zwei Jahren bin ich wieder da. Und hernach? Ich habe ein Haus, ich habe Geld. Herz, was begehrst du? Eine Frau!

Adieu, liebe Freundin. Heut war ich einmal lustig und habe schlecht geschrieben. Adieu, meine Beste.

Sie haben einander nie mehr wiedergesehen.

Das Glück, an Annetten

Du hast uns oft im Traum gesehen
Zusammen zum Altare gehen,
Und dich als Frau, und mich als Mann;
Oft nahm ich wachend deinem Munde
In einer unbewachten Stunde,
So viel man Küsse nehmen kann.

Sie sind, die süß verträumten Stunden,
Die durchgeküßten sind verschwunden,
Wir wünschen traurig sie zurück.
O wünsche dir kein größres Glücke;
Es flieht der Erden größtes Glücke,
Wie des geringsten Traumes Glück.

Das Glück der Liebe

Trink, o Jüngling, heil'ges Glücke
Taglang aus der Liebsten Blicke,
Abends gaukl' ihr Bild dich ein;
Kein Verliebter hab' es besser,
Doch das Glück bleibt immer größer,
Fern von der Geliebten sein.

Ew'ge Kräfte, Zeit und Ferne,
Heimlich wie die Kraft der Sterne,
Wiegen dieses Blut zur Ruh.
Mein Gefühl wird stets erweichter,
Doch mein Herz wird täglich leichter,
Und mein Glück nimmt immer zu.

Nirgends kann ich sie vergessen,
Und doch kann ich ruhig essen,
Heiter ist mein Geist und frei;
Und unmerkliche Betörung
Macht die Liebe zur Verehrung,
Die Begier zur Schwärmerei.

Aufgezogen durch die Sonne,
Schwimmt im Hauch äther'scher Wonne
So das leicht'ste Wölkchen nie,
Wie mein Herz in Ruh und Freude.
Frei von Furcht, zu groß zum Neide
Lieb ich, ewig lieb ich sie.

1771 Friederike Brion

Friederike Elisabeth Brion

1752–1813

Am 1. April 1770 verließ Goethe Frankfurt, um in Straßburg sein in Leipzig begonnenes Jurastudium fortzusetzen. Man empfahl ihn an eine Tischgesellschaft in der Pension Lauth, die überwiegend aus Studenten bestand. Zu ihnen gehörten Johann H. Jung, genannt »Jung-Stilling«, später ein durch seine Star-Operationen berühmter Augenarzt, der in seiner »Lebensgeschichte« ausführlich diese Zeit mit Goethe schilderte; der Theologe Franz Lerse, den Goethe mit vollem Namen im »Götz« verewigte; Johann Meyer, später gleichfalls ein berühmter Arzt in Wien und London; Heinrich Leopold Wagner, der Rechtsanwalt in Frankfurt am Main wurde und in seinem Trauerspiel »Die Kindesmörderin« das Motiv der Gretchentragödie aus dem ihm bekannten »Urfaust« übernahm, und der Mediziner Friedrich Weyland aus Buchsweiler. Im Frühjahr 1771 schloß sich der Theologiestudent und Dichter Jakob Reinhold Michael Lenz dem Kreis an, dessen anonym erschienene Werke man nicht selten für Goethes hielt. Er entwickelte allerdings die lästige Eigenart, sich für Goethes Alter ego zu halten, besonders bei dessen Beziehungen zu Frauen, was später in Weimar, wohin er ihm gefolgt war, den endgültigen Bruch mit Goethe herbeiführte. Lenz starb 1792 in geistiger Umnachtung.

Schon am Ende des ersten Straßburger Semesters im Sommer 1770 hatte Goethe mit Hilfe seines Repetitors das juristische Kandidatenexamen bestanden und bereitete sich nun auf seine Dissertation vor. In seiner reichlich bemessenen freien Zeit widmete er sich, wie schon in Frankfurt, seiner »heimlichen Geliebten«, der Chemie, er stellte Nachforschungen über den Alchemisten Doktor Faustus an und trieb medizinische Studien. Aber vor allem besuchte er auf Ausritten mit seinen Freunden die Tanzlokale und Wirtshäuser der Umgebung, lernte die Landschaft kennen und besichtigte historische Orte des Elsaß.

Bei einem dieser Ausflüge führte ihn sein Straßburger Tischgenosse Weyland am 13. Oktober 1770 ins 33 Kilometer entfernte Sesenheim zur Familie des Pfarrers Brion, der mit einer Verwandten Weylands verheiratet war. Um nicht als reicher Patriziersohn aufzufallen, hatte sich Goethe in abgetragenen Kleidern der Familie als armer Theologiestudent vorgestellt, was er freilich sofort bereute, als er Brions drittälteste Tochter, die blonde, neunzehnjährige Friederike sah. Gleich am ersten Abend machte er im Mondschein einen Spaziergang mit ihr, lauschte beglückt ihren Worten und hatte sich Hals über Kopf in sie verliebt.

Auch am folgenden Tag waren sie unzertrennlich: Sie saßen plaudernd auf einer später »Friederikens Ruh« genannten Erhebung am Rande des Dorfes; nach Tisch zog sie ihn in eine mit Jasmin überwucherte Laube des Pfarrgartens, wo er ihr das Märchen von der »Neuen Melusine« erzählte. Am Abend des 14. Oktober ritt er mit Weyland nach Straßburg zurück und schrieb noch in der Nacht seiner Frankfurter Bekannten Anna Catharina Fabricius, einer Freundin seiner Schwester Cornelia, von seinem Erlebnis:

Sie sollten wohl nicht raten, wie mir jetzt so unverhofft der Einfall kommt, Ihnen zu schreiben, und weil die Ursache so gar artig ist, muß ich's Ihnen sagen.

Ich habe einige Tage auf dem Lande bei gar angenehmen Leuten zugebracht. Die Gesellschaft der liebenswürdigen Töchter vom Hause, die schöne Gegend und der freundlichste Himmel weckten in meinem Herzen jede schlafende Empfindung, jede Erinnerung an alles, was ich liebe; daß ich kaum angelangt bin, als ich schon hier sitze und an Sie schreibe ...

Am nächsten Morgen konzipierte Goethe einen Brief an Friederike:

Liebe neue Freundin,
ich zweifle nicht, Sie so zu nennen; denn wenn ich mich anders nur ein klein wenig auf die Augen verstehe, so fand mein Aug im ersten Blick die Hoffnung zu dieser Freundschaft in Ihrem, und für unsre Herzen wollt' ich schwören; Sie, zärtlich und gut, wie ich Sie kenne, sollten Sie mir, da ich Sie so lieb habe, nicht wieder ein bißchen günstig sein?

Diesen ersten Absatz strich Goethe wieder aus und begann von neuem:

Liebe neue Freundin,
ob ich Ihnen was zu sagen habe, ist wohl keine Frage; ob ich aber just weiß, warum ich eben jetzt schreiben will und was ich schreiben möchte, das ist ein andres. Soviel merke ich an einer gewissen innerlichen Unruhe, daß ich gerne bei Ihnen sein möchte, und in dem Falle ist ein Stückchen Papier so ein wahrer Trost, so ein geflügeltes

Pferd: für mich, hier, mitten in dem lärmenden Straßburg, als es Ihnen, in Ihrer Ruhe nur sein kann, wenn Sie die Entfernung von Ihren Freunden recht lebhaft fühlen.

Die Umstände unserer Rückreise können Sie sich ungefähr vorstellen, wenn Sie mir beim Abschiede ansehen konnten, wie leid er mir tat; und wenn Sie beobachteten, wie sehr Weyland nach Hause eilte, so gern er auch unter andern Umständen bei Ihnen geblieben wäre. Seine Gedanken gingen vorwärts, meine zurück, und so ist es natürlich, daß der Diskurs weder weitläufig noch interessant werden konnte.

Zu Ende der Wanzenau machten wir Spekulation, den Weg abzukürzen und verirrten uns glücklich zwischen den Morasten, die Nacht brach herein, und es fehlte nichts, als daß der Regen, der einige Zeit nachher ziemlich freigiebig erschien, sich um etwas übereilt hätte; so würden wir alle Ursache gefunden haben, von der Liebe und Treue unsrer Prinzessinnen vollkommen überzeugt zu sein.

Unterdessen war mir die Rolle, die ich, aus Furcht sie zu verlieren, beständig in der Hand trug, ein rechter Talisman, der mir die Beschwerlichkeiten der Reise alle hinwegzauberte. Und noch? Oh, ich mag nichts sagen, entweder Sie können's raten oder Sie glauben's nicht.

Endlich langten wir an, und der erste Gedanke, den wir hatten, der auch schon auf dem Weg unsre Freude gewesen war, endigte sich in ein Projekt, Sie bald wiederzusehen.

Es ist ein gar zu herziges Ding um die Hoffnung wiederzusehen. *Und wir andern mit den verwöhnten Herzchen, wenn uns ein bißchen was leid tut, gleich sind wir mit der Arznei da und sagen: Liebes Herzchen, sei ruhig, du wirst nicht lange von ihnen entfernt bleiben, von denen Leuten, die du liebst, sei ruhig, liebes Herzchen! Und dann geben wir ihm inzwischen ein Schattenbild, daß es doch was hat, und dann ist es geschickt und still wie ein kleines Kind, dem die Mama eine Puppe statt des Apfels gibt, wovon es nicht essen sollte.*

Genug, wir sind hier, und sehen Sie, daß Sie unrecht hatten! Sie wollten nicht glauben, daß mir der Stadtlärm auf Ihre süßen Landfreuden mißfallen würde.

Gewiß, Mamsell, Straßburg ist mir noch nie so leer vorgekommen als jetzt. Zwar hoffe ich, es soll besser werden, wenn die Zeit das Andenken unsrer niedlichen und mutwilligen Lustbarkeiten ein wenig ausgelöscht haben wird, wenn ich nicht mehr so lebhaft fühlen werde, wie gut, wie angenehm meine Freundin ist. Doch sollte ich das vergessen können oder wollen? Nein, ich will lieber das wenig Herzweh behalten und oft an Sie schreiben.

Und nun noch vielen Dank, noch viele aufrichtige Empfehlungen Ihren teuren Eltern, Ihrer lieben Schwester, viel hundert – was ich Ihnen gerne wieder gäbe.

Zu Anfang November, vermutlich an Allerheiligen, kehrte Goethe nach Sesenheim zurück, verbrachte dort im Kreis der Familie Brion wohl auch die Weihnachtstage, dann sah er Friederike erst zur Fastnacht wieder, als die Mutter mit ihren Töchtern die Verwandten in Straßburg besuchte. Über die Ostertage wollte er wieder bei ihr sein; am Abend des Ostersamstags ritt er los, und eines der schönsten seiner Liebesgedichte hält diese kurze Begegnung fest:

Willkommen und Abschied

Es schlug mein Herz, geschwind zu Pferde!
Es war gethan fast eh gedacht;
Der Abend wiegte schon die Erde,
Und an den Bergen hing die Nacht:
Schon stand im Nebelkleid die Eiche,
Ein aufgethürmter Riese, da;
Wo Finsterniß aus dem Gesträuche
Mit hundert schwarzen Augen sah.

Der Mond von einem Wolkenhügel
Sah kläglich aus dem Duft hervor,
Die Winde schwangen leise Flügel,
Umsausten schauerlich mein Ohr;
Die Nacht schuf tausend Ungeheuer
Doch frisch und fröhlich war mein Muth,
In meinen Adern welches Feuer!
In meinem Herzen welche Gluth!

Willkommen und Abschied

Es schlug mein Herz, geschwind, zu Pferde!
Und fort, wild, wie ein Held zur Schlacht.
Der Abend wiegte schon die Erde,
Und an den Bergen hing die Nacht.
Schon stand im Nebelkleid die Eiche
Wie ein getürmter Riese da,
Wo Finsternis aus dem Gesträuche
Mit hundert schwarzen Augen sah.

Der Mond von einem Wolkenhügel
Sah schläfrig aus dem Duft hervor;
Die Winde schwangen leise Flügel,
Umsausten schauerlich mein Ohr;
Die Nacht schuf tausend Ungeheuer –
Doch tausendfacher war mein Mut;
Mein Geist war ein verzehrend Feuer,
Mein ganzes Herz zerfloß in Glut.

Dich sah ich, und die milde Freude
Floß von dem süßen Blick auf mich,
Ganz war mein Herz an deiner Seite.
Und jeder Athemzug für dich.
Ein rosenfarbnes Frühlingswetter
Umgab das liebliche Gesicht,
Und Zärtlichkeit für mich – Ihr Götter!
Ich hofft' es, ich verdient' es nicht!

Doch ach schon mit der Morgensonne
Verengt der Abschied mir das Herz:
In deinen Küssen, welche Wonne!
In deinem Auge, welcher Schmerz!
Ich ging, du standst und sahst zur Erden,
Und sahst mir nach mit nassem Blick:
Und doch, welch Glück geliebt zu werden!
Und lieben, Götter, welch ein Glück!

Ich sah dich, und die milde Freude
Floß aus dem süßen Blick auf mich.
Ganz war mein Herz an deiner Seite,
Und jeder Atemzug für dich.
Ein rosenfarbes Frühlingswetter
Lag auf dem lieblichen Gesicht,
Und Zärtlichkeit für mich, ihr Götter!
Ich hofft' es, ich verdient' es nicht.

Der Abschied, wie bedrängt, wie trübe!
Aus deinen Blicken sprach dein Herz.
In deinen Küssen welche Liebe,
O welche Wonne, welcher Schmerz!
Du gingst, ich stund und sah zur Erden,
Und sah dir nach mit nassem Blick;
Und doch, welch Glück, geliebt zu werden,
Und lieben, Götter, welch ein Glück!

Nach dieser erneuten Begegnung war er sich ihrer und seiner Gefühle gewiß.

Jetzt fühlt der Engel, was ich fühle,
Ihr Herz gewann ich mir beim Spiele,
Und sie ist nun von Herzen mein.
Du gabst mir, Schicksal, diese Freude,
Nun laß auch morgen sein wie heute,
Und lehr' mich ihrer würdig sein.

Mit einem bemalten Band schickte Goethe an Friederike ein Gedicht, dessen letzte Strophe sie als Versprechen und als Verlobung verstehen konnte.

Kleine Blumen, kleine Blätter
Streuen mir mit leichter Hand
Gute junge Frühlings-Götter
Tändelnd auf ein luftig Band.

Zephir, nimm's auf deine Flügel,
Schling's um meiner Liebsten Kleid!
Und dann tritt sie für den Spiegel
Mit zufriedner Munterkeit.

Sieht mit Rosen sich umgeben,
Sie, wie eine Rose jung
Einen Kuß! geliebtes Leben,
Und ich bin belohnt genug.

Schicksal, segne diese Triebe,
Laß mich ihr und laß sie mein,
Laß das Leben unsrer Liebe
Doch kein Rosen-Leben sein.

Mädchen, das wie ich empfindet,
Reich mir deine liebe Hand!
Und das Band, das uns verbindet,
Sei kein schwaches Rosen-Band!

Offenbar glaubte er auch selbst an ein gemeinsames Lebensglück. Anfang Mai kam er wieder für einige Tage nach Sesenheim und blieb dann ab Mitte Mai fast sechs Wochen lang. Als Lied unvergänglich geworden ist Goethes Gedicht »Mailied«, das in dieser Zeit entstanden ist und uns an dieser Begeisterung über sein Glück teilhaben läßt:

Mailied.

Wie herrlich leuchtet
Mir die Natur!
Wie glänzt die Sonne
Wie lacht die Flur!

Es dringen Blüten
Aus jedem Zweig
Und tausend Stimmen
Aus dem Gesträuch.

Und Freud und Wonne
Aus jeder Brust.
O Erd o Sonne
O Glück o Lust!

Mailied

Wie herrlich leuchtet
Mir die Natur!
Wie glänzt die Sonne!
Wie lacht die Flur!

Es dringen Blüten
Aus jedem Zweig,
Und tausend Stimmen
Aus dem Gesträuch,

Und Freud und Wonne
Aus jeder Brust.
O Erd', o Sonne!
O Glück, o Lust!

O Lieb', o Liebe!
So golden schön,
Wie Morgenwolken
Auf jenen Höhn;

Du segnest herrlich
Das frische Feld,
Im Blütendampfe
Die volle Welt.

O Mädchen, Mädchen,
Wie lieb ich dich!
Wie blinkt dein Auge!
Wie liebst du mich!

So liebt die Lerche
Gesang und Luft,
Und Morgenblumen
Den Himmelsduft;

Wie ich dich liebe
Mit warmem Blut,
Die du mir Jugend
und Freud' und Mut

Zu neuen Liedern
Und Tänzen gibst!
Sei ewig glücklich,
Wie du mich liebst!

Was dann geschah, wissen wir nur aus Goethes Briefen an seinen Freund Salzmann: Friederike erkrankte an einem Brustleiden, und Goethe fürchtete ein langwährendes Siechtum seiner Geliebten, das ihn behindern könnte: »Die Kleine fährt fort, traurig krank zu sein, und das gibt dem Ganzen ein schiefes Ansehen« (29. Mai 1771) – zwar hielt er das Verhältnis immer noch aufrecht, doch insgeheim wußte er, daß es keine gemeinsame Zukunft geben würde. Er strengte sich an, zum Ende des Sommersemesters 1771 die Promotion zu bekommen: Am 6. August wurden seine Thesen erfolgreich diskutiert und Goethe damit zum »Licentiatus juris« promoviert, was einem Doktortitel gleichkam. Bereits am nächsten Tag ritt er nach Sesenheim, um sich von Friederike und ihrer Familie zu verabschieden. Er wagte nicht, ihr die endgültige Trennung zu gestehen; das tat er erst schriftlich aus Frankfurt und soll von Friederike eine herzzerreißende Antwort erhalten haben, die ihm noch viele Jahre später, bei der Abfassung seiner Autobiographie »Dichtung und Wahrheit« bewußt war: »Als ich ihr die Hand vom Pferde reichte, standen ihr die Tränen in den Augen ... Hier war ich zum ersten Mal schuldig.«

Acht Jahre später begleitete Goethe den Herzog Karl August von Weimar auf einer Reise in die Schweiz. Als sie durch das Elsaß kamen, trennte sich Goethe von der Reisegesellschaft und machte einen Abstecher nach Sesenheim zur Familie Brion. Diese Begegnung schildert er in einem Brief an Charlotte von Stein:

28. September 1779
... Die zweite Tochter vom Hause hatte mich ehemals geliebt, schöner, als ich's verdiente und mehr als andre, an

die ich viel Leidenschaft und Treue verwendet habe. Ich mußte sie in einem Augenblick verlassen, wo es ihr fast das Leben kostete; sie ging leise drüber weg, mir zu sagen, was ihr von einer Krankheit jener Zeit noch überbliebe, betrug sich allerliebst mit soviel herzlicher Freundschaft vom ersten Augenblick, da ich ihr unerwartet auf der Schwelle ins Gesicht trat und wir mit den Nasen aneinanderstießen, daß mir's ganz wohl wurde.

Nachsagen muß ich ihr, daß sie auch nicht durch die leiseste Berührung irgendein altes Gefühl in meiner Seele zu wecken unternahm. Sie führte mich in ihre Laube, und da mußte ich sitzen, und so war's gut ... Ich blieb die Nacht und schied den andern Morgen bei Sonnenaufgang, von freundlichen Gesichtern verabschiedet, daß ich nun auch wieder mit Zärtlichkeit an das Eckchen der Welt hindenken und in Frieden mit den Geistern dieser Ausgesöhnten in mir leben kann.

Friederike Brion starb, ohne je geheiratet zu haben. Vor ihrem Tod übergab sie ihrer Schwester Sophie alle Erinnerungsstücke, die sie von Goethe aufbewahrt hatte: Zeichnungen, Gedichte und ungefähr dreißig Briefe, die von der Schwester verbrannt wurden. Auf Friederikes Grab auf dem Meißenheimer Kirchhof wurde 1866 ein Denkstein errichtet mit den Zeilen eines örtlichen Dichters:

Ein Strahl der Dichtersonne fiel auf sie,
So reich, daß er Unsterblichkeit ihr lieh.

Charlotte Kestner, geb. Buff

Charlotte Sophie Henriette Buff

1753–1828

Nach seiner Rückkehr aus Straßburg wurde Goethe am 31. August 1771 in seiner Heimatstadt Frankfurt am Main als Rechtsanwalt zugelassen und arbeitete in der Kanzlei seines Vaters. Die tägliche Routine hatte er allerdings schon bald »so satt«, daß er, wie er einem Freund schrieb, »höchstens nur des Scheins wegen meine Schuldigkeit« tat. Die meiste Zeit verbrachte er mit dem Entwurf seines ersten Dramas »Götz von Berlichingen«. Es war deshalb keine unerfreuliche Abwechslung, als sein Vater ihn im Frühjahr 1772 nach Wetzlar schickte, damit er dort im Hinblick auf seine künftige höhere Beamtenlaufbahn als Praktikant am Reichskammergericht genauere Kenntnisse des Prozeßwesens gewinnen könnte. Ausbildungsrichtlinien gab es an diesem höchsten deutschen Gerichtshof allerdings nicht; jeder Praktikant blieb sich selbst überlassen und konnte über seine Zeit frei verfügen, was Goethe nur allzu recht war.

Eine Aufzeichnung des Legationssekretärs Johann Christian Kestner gibt dessen Eindruck von Goethes Ankunft in Wetzlar wieder:

»Im Frühjahr kam hier ein gewisser Goethe aus Frankfurt an, seiner Hantierung nach Dr. juris, 23 Jahre alt, einziger Sohn eines sehr reichen Vaters, um sich hier – dies war seines Vaters Absicht – in praxi umzusehen, die seinige aber war, den Homer, Pindar und andere zu studieren und was sein Genie, seine Denkungsart und sein Herz ihm weiter für Beschäftigungen

Charlotte Buffs Schattenriß mit Goethes Unterschrift

eingeben würden. Gleich anfangs kündigten ihn die hiesigen schönen Geister als einen ihrer Mitbrüder und als Mitarbeiter an der neuen Frankfurter Gelehrtenzeitung ... an und gaben sich Mühe, mit ihm in Verbindung zu stehen. Da ich unter diese Klasse von Leuten nicht gehöre ... so lernte ich Goethe erst später und zwar ganz von ungefähr kennen ...«

Dieses denkwürdige Ereignis hat der penible Legationssekretär Kestner in seinem Tagebuch festgehalten: »Den 9. Juni 1772 fügte es sich, daß Goethe mit bei einem Ball auf dem Lande war, wo mein Mädchen und ich auch waren. Ich konnte erst nachkommen und ritt dahin. Mein Mädchen fuhr also in einer anderen Gesellschaft dahin; der Dr. Goethe war mit im Wagen und lernte Lotte hier zuerst kennen ... Er wußte nicht, daß sie nicht mehr frei war; ich kam ein paar Stunden später, und es ist nie unsere Gewohnheit, an öffentlichen Orten mehr als Freundschaft gegeneinander zu äußern. Er war den Tag ausgelassen lustig (dieses ist er manchmal, dagegen zur anderen Zeit melancholisch), Lottchen eroberte ihn ganz, desto mehr, da sie sich keine Mühe darum gab, sondern sich nur dem Vergnügen überließ. Andern Tages konnte es nicht fehlen, daß Goethe sich nach Lottchens Befinden nach dem Ball erkundigte. Vorher hatte er in ihr ein fröhliches Mädchen kennengelernt, das den Tanz und das ungetrübte Vergnügen liebte, nun lernte er sie auch erst von der Seite, wo sie ihre Stärke hat, von der häuslichen Seite kennen.«

Lotte war zu diesem Zeitpunkt neunzehn Jahre alt. Obwohl ihr Goethe mit seinen dreiundzwanzig Jahren näherstand als der bereits dreißigjährige Kestner, hat dieser den schwärmerischen Feuerkopf nie als Konkurrenten betrachtet, sondern ihn erstaunlich unvoreingenommen beurteilt, wie sein Tagebuch bezeugt:

»Er (Goethe) hat sehr viele Talente, ist ein wahres Genie und ein Mensch von Charakter, besitzt eine außerordentlich lebhafte Einbildungskraft, daher er sich meistens in Bildern und Gleichnissen ausdrückt. Er ist in allen Affekten heftig, hat jedoch oft viel Gewalt über sich. Seine Denkungsart ist edel; von Vorurteilen so viel frei, handelt er, wie es ihm einfällt, ohne sich darum zu bekümmern, ob es anderen gefällt, ob es Mode ist, ob es die Lebensart erlaubt. Aller Zwang ist ihm verhaßt. Er liebt die Kinder (Lottes jüngere Geschwister, W. F.) und kann sich mit ihnen sehr beschäftigen. Er ist bizarr und hat in seinem Betragen, seinem Äußerlichen Verschiedenes, das ihn unangenehm machen könnte. Aber bei Kindern, bei Frauenzimmern und vielen anderen ist er doch wohl angeschrieben. Für das weibliche Geschlecht hat er sehr viel Hochachtung.«

Goethe freundete sich mit Kestner an, aber in Lotte hatte er sich verliebt. Einen Sommer lang verbrachte er jede freie Minute mit ihr, und wenn es seine Geschäfte zuließen, war auch der Legationssekretär dabei. »Sie hatten sich alle drei aneinander gewöhnt, ohne es zu wollen, und wußten nicht, wie sie dazu kamen, sich nicht entbehren zu können« – mit diesem Satz umschrieb der arglose Kestner nachträglich sehr genau die Situation, die sich für den hoffnungslos verliebten Goethe immer mehr zuspitzte und haltloser wurde.

Die Geschichte ist allgemein bekannt, da sie von Goethe in Weltliteratur verwandelt wurde: In seinem ersten

Goethe.
Verschollene Zeichnung von Georg Friedrich Schmoll 1774 oder 1775. Anonyme Radierung in Lavaters »Physiognomischen Fragmenten, dritter Versuch«. Leipzig und Winterthur 1777

Roman »Die Leiden des jungen Werther« beschrieb Goethe exakt dieses verhängnisvolle Dreiecksverhältnis, aus dem sich der verzweifelte Werther nur durch seinen Selbstmord retten zu können glaubt. In der prosaischen Realität saßen die Freunde am 10. September 1772, dem Datum von Werthers Abschiedsbrief, noch zusammen beim Essen, und es entwickelte sich ein sonderbares, von Lotte begonnenes Gespräch über das Leben nach dem Tod, in dessen Verlauf sich die Verlobten darüber einigten, wer zuerst stürbe, sollte, wenn er könnte, dem Lebenden eine Nachricht vom Zustand jenes anderen Lebens geben – plötzlich war Goethe ausgegrenzt und fühlte, daß er mit seinen Empfindungen für Lotte fehl am Platz war. Er mußte fort, was er ohnehin wollte, und schrieb in dieser Nacht seine Abschiedsbriefe:

10. September
Er ist fort, Kestner, wenn Sie diesen Zettel kriegen, er ist fort. Geben Sie Lottchen inneliegenden Zettel. Ich war sehr gefaßt, aber Euer Gespräch hat mich auseinandergerissen. Ich kann Ihnen in dem Augenblick nichts sagen als leben Sie wohl. Wäre ich einen Augenblick länger bei Euch geblieben, ich hätte nicht (an mich, W. F.) gehalten. Nun bin ich allein, und morgen geh' ich. O mein armer Kopf.

Beilage für Lotte:

Wohl hoff' ich wiederzukommen, aber Gott weiß wann. Lotte, wie war mir's bei Deinen Reden ums Herz, da ich wußte, es ist das letztemal, daß ich Sie sehe. Nicht das letztemal, und doch gehe ich morgen fort. Fort ist er. Welcher Geist brachte Euch auf den *Diskurs. Da ich alles sagen durfte, was ich fühlte, ach, mir war's um hienieden zu tun, um Ihre Hand, die ich zum letztenmal küßte. Das Zimmer, in das ich nicht wiederkehren werde, und der liebe Vater, der mich zum letztenmal begleitete. Ich bin nun allein und darf weinen, ich lasse Euch glücklich und gehe nicht aus Euren Herzen. Und sehe Euch wieder, aber morgen ist nimmer. Sagen Sie meinen Buben (Lottes jüngere Brüder, W. F.), er ist fort. Ich mag nicht weiter.*

An Lotte
11. September 1772. Wetzlar
Gepackt ist's, Lotte, und der Tag bricht an, noch eine Viertelstunde, so bin ich weg. Die Bilder, die ich vergessen habe und die Sie den Kindern austeilen werden, mögen Entschuldigung sein, daß ich schreibe, Lotte, da ich nichts zu schreiben habe. Denn Sie wissen alles, wissen, wie glücklich ich diese Tage war. Und ich gehe zu den liebsten besten Menschen, aber warum von Ihnen? Das ist nun so, und mein Schicksal, daß ich zu heute, morgen und übermorgen nichts hinzusetzen kann – was ich wohl oft im Scherz dazusetzte. Immer fröhlichen Muts, liebe Lotte. Sie sind glücklicher als hundert, nur nicht gleichgültig, und ich, liebe Lotte, bin glücklich, daß ich in Ihren Augen lese, Sie glauben, ich werde mich nie verändern. Adieu, tausendmal adieu!

Goethe.

An Kestner
September 1772. Frankfurt
Gott segne mich, lieber Kestner, und sagt Lotten, daß ich manchmal mir einbilde, ich könne sie vergessen, daß mir dann aber ein Rezitiv (Rückfall, W. F.) über den Hals kommt und es schlimmer mit mir wird als jemals.

An Kestner
25. September 1772. Frankfurt
Sonnabends nach Tische.
Das war sonst die Zeit, daß ich zu ihr ging. War das Stündchen, wo ich sie antraf, und jetzt habe ich volle Zeit zu schreiben. Wenn Sie nur sehn sollten, wie fleißig ich bin. So auf einmal das alles zu verlassen, das alles, wo meine Glückseligkeit von vier Monaten lag... Es wäre besser, ich schriebe Euch nicht und ließe meine Imagination in Ruhe – doch da hängt die Silhouette, das ist schlimmer als alles. Leben Sie wohl.

An Lotte
8. Oktober 1772. Frankfurt
Dank Ihrem guten Geist, goldne Lotte, der Sie trieb, mir eine unerwartete Freude zu machen, und wenn er so schwarz wäre wie das Schicksal, Dank ihm. Heut, eh ich zu Tisch ging, grüßte ich Ihr Bild herzlich, und bei Tisch – ich wunderte mich über den seltsamen Brief, brach ihn auf und steckte ihn weg. O liebe Lotte, seit ich Sie das erstemal sah, wie ist das alles so anders, es ist noch eben diese Blütenfarbe am Band, doch verschoßner kommt mir's vor als im Wagen, ist auch natürlich. Dank Ihrem Herzen, daß Sie mir noch so ein Geschenk machen können, ich wollt' aber auch in die finstersten Höhlen meines Verdrusses – Nein, Lotte, Sie bleiben mir, dafür geb' Ihnen der Reiche im Himmel seine schönsten Früchte, und wenn er sie auf Erden versagt, dem lasse er droben im Paradiese, wo kühle Bäche fließen zwischen Palmbäumen und Früchte drüben hängen wie Gold – indessen wollt' ich, ich wäre auf eine Stunde bei Ihnen...

Goethe.
Nach dem Ölgemälde von J. D. Bager. 1773

Am 30. Oktober 1772 erschoß sich in Wetzlar der braunschweigische Gesandtschaftssekretär Karl Wilhelm Jerusalem im Alter von fünfundzwanzig Jahren aus unglücklicher Liebe zur Frau eines Kollegen. Die Pistole hatte er sich von Kestner geliehen, der Goethe in einem Brief am 2. November von dem Vorfall berichtete. Dieser Brief gab den Anstoß zu dem Roman »Die Leiden des jungen Werther«, der diesen Selbstmord mit Goethes eigenen Wetzlarer Erlebnissen verknüpfte und im Herbst 1774 erschien.

An Lotte
27. August 1774. Frankfurt
... Heute vor zwei Jahren saß ich bei Dir fast den ganzen Tag, da wurden Bohnen geschnitten bis um Mitternacht, und der 28te (Goethes Geburtstag, W. F.) feierlich mit Tee und freundlichen Gesichtern begonnen, o Lotte, und Du versicherst mich mit all der Offenheit und Leichtigkeit der Seele, die mir so wert immer war an Dir, daß Ihr mich noch liebt, denn sieh, es wäre gar traurig, wenn auch über uns der Zeiten Lauf das Übergewicht nehmen sollte. Ich werde Dir ehestens ein Gebetbuch, Schatzkästchen oder wie Du's nennen magst, schicken (den Roman ›Werthers Leiden‹, W. F.), um Dich morgens und abends zu stärken in guten Erinnerungen der Freundschaft und Liebe ... Adieu, Lotte, ich danke Dir, daß Du wohl lesen magst, was ich schreibe und drucken lasse, hab' ich Dich doch auch lieb ...

An Lotte
23. September 1774
Lotte, wie lieb mir das Büchelchen ist, magst Du im Lesen fühlen, und auch dieses Exemplar ist mir so wert, als wär's das einzige in der Welt. Du sollst's haben, Lotte,

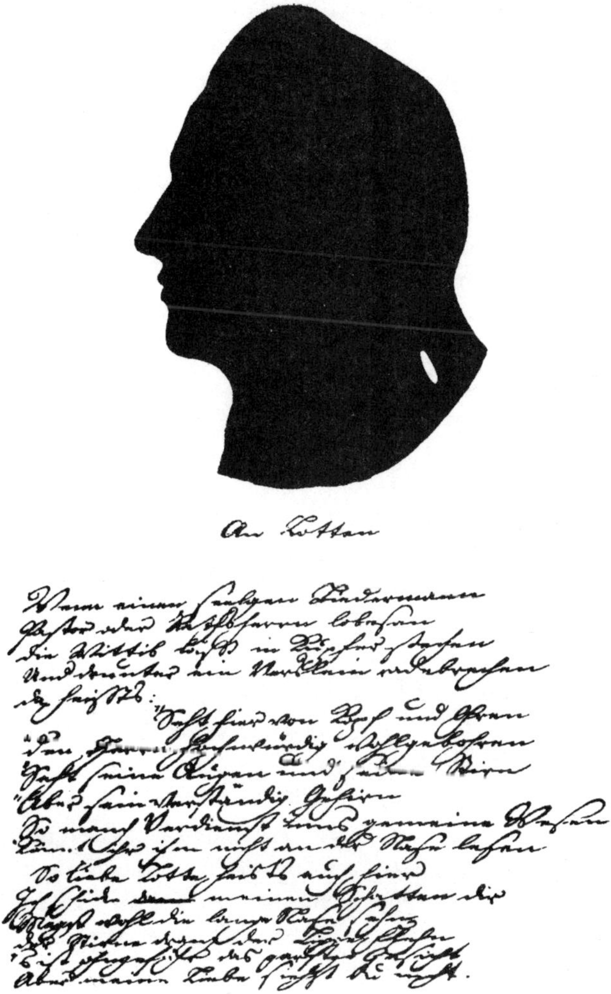

Schattenriß Goethes
mit dem am 31. August 1774 an Lotte gerichteten Vers

ich hab' es hundertmal geküßt, hab's weggeschlossen, daß es niemand berühre. O Lotte! – Und ich bitte Dich, laß es außer Meyers niemand jetzt sehen, es kommt erst zur Leipziger Messe ins Publikum ...

Es dürfte nicht überraschen, daß Lotte und Johann Christian Kestner von den Indiskretionen des Romans unangenehm berührt und verärgert waren. Kestner beklagte sich in einem Brief an Goethe, daß »die wirklichen Personen, von denen Ihr Züge entlehnt, dabei so prostituiert sind ... Der wirklichen Lotte würde es in vielen Stücken leid sein, wenn sie Eurer, der gemalten Lotte gleich wäre ... Die wirkliche Lotte, deren Freund Ihr doch sein wollt, ist in Eurem Gemälde, das zu viel von ihr enthält, um nicht auf sie stark zu deuten, ist, sag ich – doch nein, ich will es nicht sagen, es schmerzt mich schon zu sehr, da ich's denke.« Goethe versuchte umgehend zu beschwichtigen:

An das Ehepaar Kestner
Oktober 1774. Frankfurt
Ich muß Euch gleich schreiben, meine Lieben, meine Erzürnten, daß mir's vom Herzen komme. Es ist getan, es ist ausgegeben, verzeiht mir, wenn Ihr könnt. – Ich will nichts, ich bitte Euch, ich will nichts von Euch hören, bis der Ausgang bestätigt haben wird, daß Eure Besorgnisse zu hoch gespannt waren, bis Ihr dann auch im Buch selbst das unschuldige Gemisch von Wahrheit und Lüge reiner an Euerm Herzen gefühlt haben werdet. Du hast, Kestner, ein liebevoller Advokat, alles erschöpft, alles mir weggeschnitten, was ich zu meiner Entschuldigung sagen könnte; aber ich weiß nicht, mein Herz hat noch mehr zu sagen, ob sich's gleich nicht ausdrücken kann.

Ich schweige, nur die frohe Ahnung muß ich Euch hinhalten, ich mag gern wähnen, und ich hoffe, daß das ewige Schicksal mir das zugelassen hat, um uns fester aneinander zu knüpfen. Ja, meine Besten, der ich so durch Liebe an Euch gebunden bin, muß noch Euch und Euern Kindern ein Schuldner werden für die bösen Stunden, die Euch meine – nennt's wie Ihr wollt gemacht hat. Haltet, ich bitt' Euch, haltet stand ...

Und, meine Lieben, wenn Euch der Unmut übermannt, denkt nur, denkt, daß der alte, Euer Goethe immer neuer und neuer, und jetzt mehr als jemals der Eurige ist.

Trotz seiner Verärgerung verteidigte Kestner Goethe gegenüber Dritten; so schrieb er einem befreundeten Juristen: »Im ersten Teil des Werthers ist Werther Goethe selbst, in Lotte und Albert hat er uns, meiner Frau und mir, Züge entlehnt. Viele von den Szenen sind ganz wahr, aber doch zum Teil verändert; andere sind, in unserer Geschichte wenigstens, fremd. Um des zweiten Teiles willen, und um den Tod des Werthers vorzubereiten, hat er im ersten Teil verschiedenes hinzugedichtet, das uns gar nicht zukommt. – Der zweite geht uns gar nichts an. Da ist Werther der junge Jerusalem; Albert der pfälzische Legationssekretär und Lotte des letzteren Frau ... Goethe hat es gewiß nicht übel gemeint; er schätzte meine Frau und mich dazu zu hoch. Seine Briefe und seine anderen Handlungen beweisen es. Er betrug sich auch viel größer, als er sich im Werther zum Teil geschildert hat.«

Was Kestner nicht wußte: Im zweiten Teil des »Werther« verarbeitete Goethe nicht nur die Liebestragödie Jerusalems, sondern ein neues eigenes Erlebnis. Bei seiner fluchtartigen Reise von Wetzlar nach Frankfurt hatte er in Ehrenbreitstein bei Sophie von La Roche Station gemacht, deren schöne Tochter Maximiliane ihn besonders anzog. Die von den Eltern beschlossene Heirat der achtzehnjährigen, künstlerisch vielseitig begabten »Maxe« mit dem zwar reichen, aber amusischen Frankfurter Kaufmann Peter Anton Brentano, einem zwanzig Jahre älteren Witwer mit sechs Kindern, empörte Goethe zutiefst. Der humorlose und eifersüchtige Brentano reagierte auf Goethes Besuche bei seiner Braut und Ehefrau (seit 9. 1. 1774) äußerst gereizt; diese Züge hat Goethe ebenso in den zweiten Teil des »Werther« übernommen wie Maximilianes schwarze Augen.

Vermutlich erwog er sogar, ob er Maximiliane vor ihrer Ehe durch eine eigene Heirat retten sollte. Dieses Schwanken machte letztlich die Beziehung zu Susanna Magdalena Münch zunichte, der zuliebe er binnen acht Tagen den »Clavigo« schrieb und die auch von seinen Eltern als Braut favorisiert wurde. Welche Kraft es ihn gekostet hat, sich bei Maximiliane, deren Mutter er »liebe Mama« nannte, auf die Rolle des mitfühlenden Hausfreundes zu beschränken und andererseits sich von Susanna Münch zu lösen, die er gegenüber Freunden schon sein »liebes Weibchen« nannte, zeigt ein Brief vom 14. April 1775 an Karl Ludwig von Knebel: »Ich! – falle aus einer Verworrenheit in die andre und stecke wirklich mit meinem armen Herzen wieder unvermutet in allem Anteil des Menschen Geschickes, aus dem ich mich erst kaum gerettet hatte.«

Gemeint war mit diesem Satz auch Goethes neue Liebe zu der sechzehnjährigen Bankierstochter Lili Schöne-

Lili Schönemann

mann, die er in größerer Gesellschaft zu Beginn des Jahres 1775 bei ihrer verwitweten Mutter, die das Geldinstitut weiterführte, kennengelernt hatte. Goethe war, das haben die bisherigen Episoden gezeigt, leichtfertig in seinem Enthusiasmus und aus Furcht vor Konflikten oft unaufrichtig bis zur Lüge. Kein Zweifel: Goethe hatte sich in diese blonde Schönheit aus der Frankfurter Finanzwelt verliebt und fand seine Liebe erwidert, konnte sich jedoch mit ihrem gesellschaftlichen Umfeld nicht anfreunden und wurde im Grunde gegen seinen Willen im April 1775 in eine förmliche Verlobung gedrängt.

Seine erste Reaktion darauf war eine Reise in die Schweiz mit den Brüdern Stolberg und eine dreiste Satire auf die zu erwartenden Hochzeitsfeierlichkeiten: »Hanswursts Hochzeit«, eine giftige Darstellung der Heuchelei und eine zynische Bloßstellung der Hochzeitsgäste. Ob er das bis ins hohe Alter gehütete Stückchen damals jemandem gezeigt hat, wissen wir nicht. Leider ist sein gesamter Briefwechsel mit Lili, den wir uns in Form kurzer, von Haus zu Haus geschickter Billets vorzustellen haben, wie es wenig später bei Frau von Stein üblich war, aus nicht bekannten Gründen verlorengegangen oder vernichtet worden. Geblieben sind uns die an Lili gerichteten Gedichte:

Neue Liebe, neues Leben

Herz, mein Herz, was soll das geben?
Was bedränget dich so sehr?
Welch ein fremdes, neues Leben!
Ich erkenne dich nicht mehr!
Weg ist alles, was du liebtest,
Weg, worum du dich betrübtest,
Weg dein Fleiß und deine Ruh;
Ach, wie kamst du nur dazu?

Fesselt dich die Jugendblüte?
Diese liebliche Gestalt,
Dieser Blick voll Treu und Güte
Mit unendlicher Gewalt?
Will ich rasch mich ihr entziehen,
Mich ermannen, ihr entfliehen,
Führet mich im Augenblick,
Ach, mein Weg zu ihr zurück.

Und an diesem Zauberfädchen,
Das sich nicht zerreißen läßt,
Hält das liebe, lose Mädchen
Mich so wider Willen fest,
Muß in ihrem Zauberkreise
Leben nun auf ihre Weise.
Die Verändrung, ach, wie groß!
Liebe! Liebe, laß mich los.

An Belinden

Warum ziehst du mich unwiderstehlich,
Ach! in jene Pracht?
War ich guter Junge nicht so selig
In der öden Nacht?

Heimlich in mein Zimmerchen verschlossen,
Lag im Mondenschein,
Ganz von seinem Schauerlicht umflossen,
Und ich dämmert' ein.

Träumte da von vollen goldnen Stunden
Ungemischter Lust!
Ahndungsvoll hatt' ich dein Bild empfunden
Tief in meiner Brust.

Bin ich's noch, den du bei so viel Lichtern
An dem Spieltisch hältst?
Oft so unerträglichen Gesichtern
Gegenüberstellst?

Reizender ist mir des Frühlings Blüte
Nun nicht auf der Flur;
Wo du Engel bist ist Lieb' und Güte,
Wo du bist, Natur.

An ein goldnes Herz, Das er am Halse trug

Angedenken du verklungner Freude,
Das ich immer noch am Halse trage,
Hältst du länger als das Seelenband uns beide?
Verlängerst du der Liebe kurze Tage?

Flieh' ich, Lili, vor dir! Muß noch an deinem Bande
Durch fremde Lande,
Durch ferne Täler und Wälder wallen!
Ach, Lilis Herz konnte so bald nicht
Von meinem Herzen fallen.

Wie ein Vogel, der den Faden bricht
Und zum Walde kehrt,
Er schleppt des Gefängnisses Schmach,
Noch ein Stückchen des Fadens nach:
Er ist der alte freigeborne Vogel nicht,
Er hat schon jemand angehört.

Lili Schönemann

Obwohl sich Goethe in Lilis Familie nie heimisch gefühlt hatte und er auch keine Gelegenheit ausließ, sie wegen ihres oberflächlichen Freundeskreises zu kritisieren, fiel ihm doch die Trennung von ihr nicht leicht, weil er die förmliche Verlobung durchaus ernst nahm. Nicht nur die plötzliche Reise mit Freunden in die Schweiz, sondern auch sein immenses Arbeitspensum in jener Zeit scheinen eine Flucht vor ihr zu signalisieren. Er übertrug das Hohelied Salomons ins Deutsche, schrieb die Gretchentragödie des »Faust« beinahe zu Ende, begann den »Egmont«, und neben zahlreichen Gedichten entstand auch noch das Singspiel »Elmir und Elmire«. In einem Brief an Bürger schrieb er von den »zerstreutesten, verworrensten, ganzesten, vollsten, leersten, kräftigsten und läppischsten drei Vierteljahren«, die er bisher in seinem Leben gehabt habe.

Offenbar drängten jedoch die Familien auf die Aufhebung des ungleichen Verhältnisses; am 20. September 1775 trennte sich das Paar. Zwei Tage später traf Herzog Karl August in Frankfurt ein, der Goethe zu einem längeren Aufenthalt nach Weimar einlud. Im Tagebuch heißt es am Morgen der Abreise: »Lili, adieu, Lili … Es hat sich entschieden – wir müssen einzeln unsre Rollen ausspielen. Mir ist in dem Augenblick weder bange für dich noch für mich, so verworren es aussieht – Adieu.«

Nicht nur eine Liebe, sondern ein Lebensabschnitt war hier zu Ende.

Charlotte von Stein
Selbstbildnis.

Charlotte von Stein

1742–1827

Am 7. November 1775 traf Goethe in Weimar ein. Sein Ruhm als Autor des skandalumwitterten Werther-Romans war ihm indes schon vorausgeeilt. Charlotte von Stein hatte nach der Lektüre des Buches ihren Freund, den Arzt und Schriftsteller Johann Georg Zimmermann um nähere Auskünfte über den Verfasser gebeten. Ohne Goethe persönlich zu kennen, gab ihr Zimmermann am 19. Januar 1775 diese prophetische Antwort:

»Sie verlangen, daß ich Ihnen von Goethe rede? Sie möchten ihn sehen. Ich werde sogleich über ihn berichten. Aber, arme Freundin, Sie bedenken es nicht. Sie wünschen, ihn zu sehen, und Sie wissen nicht, bis zu welchem Punkt dieser liebenswürdige und bezaubernde Mann Ihnen gefährlich werden könne! ... Eine Frau von Welt, die ihn oft gesehen hat, hat mir gesagt, daß Goethe der schönste, lebhafteste, ursprünglichste, feurigste stürmischste, sanfteste, verführerischste und für ein Frauenherz gefährlichste Mann sei, den sie in ihrem Leben gesehen habe.«

Auch Goethe hatte bereits von Frau von Stein gehört, denn als er auf der Rückreise aus der Schweiz Zimmermann im Juli 1775 in Straßburg kennenlernte, zeigte ihm dieser eine Silhouette von ihr. Es war damals Mode, aus solchen Zeichnungen den Charakter eines Menschen herauszulesen, und Goethe hatte im Bild Charlottes folgende Eigenschaften gesehen:

»Festigkeit, Behagen in sich selbst, liebevolle Gefälligkeit, Naivität und Güte, selbstfließende Rede, nachgiebige Festigkeit, Wohlwollen, treubleibend, siegt mit Netzen.«

Charlotte war sieben Jahre älter als Goethe und seit elf Jahren glücklos verheiratet mit dem Oberstallmeister Freiherr von Stein. Von den sieben Kindern, die sie in den ersten neun Jahren ihrer Ehe geboren hatte, waren nur die drei Söhne Karl (geb. 1765), Ernst (geb. 1767) und Fritz (geb. 1772) am Leben geblieben. Ihre Erscheinung beschrieb Zimmermann in seinem Brief an Lavater: »Sie hat überaus große, schwarze Augen von der höchsten Schönheit. Ihre Stimme ist sanft und bedrückt ... Ihre Wangen sind sehr rot, ihre Haare ganz schwarz, ihre Haut italienisch wie ihre Augen. Der Körper mager, ihr ganzes Wesen elegant mit Simplizität ...«

Wann und wo Goethe und Charlotte zum erstenmal in Weimar zusammentrafen, ist nicht bekannt. Unzweifelhaft ist, daß sie sich sofort voneinander angezogen fühlten. In seinen späteren autobiographischen Schriften hat Goethe diese Weimarer Zeit ausgespart und über das Verhältnis geschwiegen, das für ihn auf Jahre hinaus zum Mittelpunkt seines Lebens werden sollte. Diese Intensität zeigt sich allein schon in der Anzahl seiner Briefe: Überliefert sind nahezu 1600 Billets, Karten und Zettel in jeder Größe, gefaltet und gerollt, die oft mehrmals am Tag von seinem Diener ihr ins Haus gebracht wurden. Leider hat Charlotte ihre Briefe später zurückverlangt und vernichtet; der einzige erhaltene Brief aus der ersten Zeit des Kennenlernens zeigt, wie berührt die in ihrer Ehe vereinsamte, dreiunddreißigjährige Frau auf Goethes Annäherung reagiert:

Die Welt wird mir wieder lieb, ich hatte mich so los von ihr gemacht, wieder lieb durch Sie. Mein Herz macht mir Vorwürfe; ich fühle, daß ich Ihnen und mir Qualen zubereite. Vor einem halben Jahre war ich so bereit zu sterben, und ich bin's nicht mehr.

Die Beziehung entwickelte sich rasch und – an Goethes Briefen ablesbar – bald auch dramatisch. Für den gemeinsamen Briefwechsel hatte Goethe zwei identische Petschaften anfertigen lassen, die im Siegel den Spruch »Alles um Liebe« zeigten. Eines davon schenkte er Charlotte, mit dem anderen siegelte er selbst. Offenbar wollte sie jedoch vermeiden, daß ihr Mitteilungen mit einem so deutlichen, verräterischen Hinweis ins Haus geschickt würden, daher schenkte sie Goethe ein anderes Petschaft, das er jedoch eher für seine Schwester passend fand. Charlotte beklagte sich, und Goethes Antwort auf ihre Beschwerde, gesiegelt mit »Alles um Liebe«, ist sein erster überlieferter Brief an sie.

Anfang Januar 1776
Ebendeswegen! – –
– – Und wie ich Ihnen meine Liebe nie sagen kann, kann ich Ihnen auch meine Freude nicht sagen. – Was ich auch meiner Schwester gönne, das ist mein, in mehr als einem Sinne mein! Aber – ebendeswegen – werde ich nie mit siegeln – und ich wäre das nicht wert, wenn ich das nicht gefühlt hätte ...

8. Januar 1776
... ich bin geplagt und so gute Nacht. Ich habe liebe Briefe gekriegt, die mich aber peinigen, weil sie lieb sind. Und alles Liebe peinigt mich auch hier, außer Sie, liebe Frau, so lieb Sie auch sind ...

undatiert
Einen guten Morgen, liebste Frau. Herzogin Louise läßt Ihnen sagen: Sie möchten bald wieder gesund werden, denn ohne Sie sei kein Auskommen. Hier der Brief an meine Schwester. Gehen Sie in die Komödie? Ich bitte nur um ein Wort, Besänftigerin! Ich komme wahrscheinlich heute noch, denn mir ist's nicht wie Ihrem Fritz. Adieu.

27. Januar 1776
Liebe Frau, ich war heute nacht von einem Teufelshumor zu Anfang. Es drückte mich und Louisen, daß Sie fehlten ... Carl gab mir das Zettelchen, das machte die Sache ärger, mich brannte es unter den Sohlen, zu Ihnen zu laufen ... Wir dachten an Dich, liebe liebe Frau. Kommst doch heute abend.

28. Januar 1776
Lieber Engel, ich komm' nicht ins Konzert! Denn ich bin so wohl, daß ich nicht sehen kann das Volk! Lieber Engel! Ich ließ meine Briefe holen, und es verdroß mich, daß kein Wort drin war von Dir, kein Wort mit Bleistift, kein guter Abend. Liebe Frau, leide, daß ich Dich so lieb habe. Wenn ich jemanden lieber haben kann, will ich Dir's sagen. Will Dich ungeplagt lassen. Adieu, Gold. Du begreifst nicht, wie lieb ich Dich hab'.

29. Januar 1776
Liebe Frau. Um fünf sehe ich Sie, kann Ihnen jetzt nichts von mir sagen. Auf der Galerie war's mir wunderlich, habe nachher allerlei Schicksale ausgestanden ... Meine Stella (1) ist angekommen, sollst auch ein Exemplar haben. Sollst mich auch ein bißchen liebhaben. Es geht mir verflucht durch Kopf und Herz, ob ich bleibe oder gehe.

(1) Stella. Ein Schauspiel für Liebende von J. W. Goethe. Berlin 1776

29. Januar
Mit Ihnen unter dem Dache! Ich fange wieder an zu schreiben, es wird eine Billet-Krankheit unter uns geben, wenn's so von Morgen zu Nacht fortgeht. Der Herzog läßt mich und Wedel (1) hier oben sitzen und steht hinter Ihrem Stuhle, schwör ich – Er kommt – Wir haben heute viel Guts gehandelt über die Vergangenheit und Zukunft: ich sehe viel voraus, das ich nicht ändern kann. Gute Nacht, goldne Frau.

(1) Kammerherr des Herzogs

30. Januar
Das schrieb ich gestern nacht, und jetzt einen guten Morgen und Stella. Ich habe gut geschlafen, und meine Seele ist rein und voll frohen Gefühls der Zukunft. Kommen Sie heut zum Hof? Louise war gestern lieb. Großer Gott, ich begreife nur nicht, was ihr Herz so zusammenzieht. Ich sah ihr in die Seele, und doch, wenn ich nicht so warm für sie wäre, sie hätte mich erkältet ... Nun, liebe Frau, bewahr' Dich Gott und hab' mich lieb. Ist doch nichts anders auf der Welt.

30. Januar (?)
Liebe Frau, ich werde wieder weggerissen und habe Dir so viel zu sagen. Heute habe ich wieder Wieland viel von meiner letzten Jahrs Geschichte erzählt, und wenn Ihr mich warmhaltet, so schreib' ich's wohl für Euch ganz allein. Denn es ist mehr als eine Beichte, wenn man auch das bekennt, worüber man nicht Absolution bedarf. Adieu, Engel, ich werde eben nie klüger und muß Gott danken dafür. Adieu. Und mich verdrießt's doch auch, daß ich Dich so lieb habe und just Dich!

23. Februar 1776
Wie ruhig und leicht ich geschlafen habe, wie glücklich ich aufgestanden bin und die schöne Sonne gegrüßt habe und das erstemal seit vierzehn Tagen mit freiem Herzen und wie voll Danks gegen Dich Engel des Himmels, dem ich das schuldig bin. Ich muß Dir's sagen. Du Einzige unter den Weibern, die mir eine Liebe ins Herz gab, die mich glücklich macht. Nicht eher als auf der Redoute sehe ich Dich wieder! Wenn ich meinem Herzen gefolgt hätte – Nein, ich will brav sein – Ich liege zu Deinen Füßen, ich küsse Deine Hände.

23. Februar, nachts halb 1 Uhr
Ich mußte fort, aber Du sollst doch noch eine gute Nacht haben. Du Einzige, die ich so lieben kann, ohne daß mich's plagt. Und doch lebe ich immer halb in Furcht ... Gute Nacht. Ich habe nun wieder auf der ganzen Redoute nur Deine Augen gesehen – und da ist mir die Mücke ums Licht eingefallen. Ade!

4. März 1776
Ich bitte Dich doch, Engel, komme ja mit auf Ettersburg! Du sollst mir da mit einem Ring ins Fenster oder Bleistift an die Wand ein Zeichen machen, daß Du da warst – Du einziges Weibliches, was ich noch in der Gegend liebe, und Du einziges, was mir Glück wünschen würde, wenn ich was lieber haben könnte als Dich. – Wie glücklich müßte ich da sein! – oder wie unglücklich! Adieu! – Komm! Und laß nur niemand meine Briefe sehen – Ade, Engel.

Hier durch Schnee und Frost eine Blume. Wie durch das Eis und Sturmwetter des Lebens meine Liebe. Vielleicht komme ich heute. Ich bin wohl und ruhig und meine, ich hätte Sie um viel lieber als sonst ...

Mir ist's heiter, und wovon ich heute nacht träumte, müssen Sie fühlen.

17. März 1776
Wenn's Ihnen so ums Herz wäre wie mir und sonst nichts entgegenstünde, so käme ich heute, mit Ihnen zu essen. Ich habe bei Hofe abgesagt ... Eine Antwort, liebe teure Frau. Die paar Tage, die wir noch beisammen sind (1), wollen wir wenigstens genießen.

(1) Er beabsichtigte, mit dem Herzog nach Leipzig zu reisen, wurde dann aber durch Unwohlsein zurückgehalten.

19. März 1776
Ich muß Ihnen noch ein Wort sagen, liebe Frau. Ich bin heute nacht krank geworden und zwar toll, habe mich wieder zusammengenommen. Muß aber noch hierbleiben. Bin zu Wieland geflüchtet, weil ich ganz allein zu Hause war. Wollte heute zu Ihnen, Hufland (1) verbietet

mir auszugehn. Ade. Nur eine Zeile von Ihrer Hand. Gute Nacht Engel.

(1) Der herzogliche Leibarzt

20. März 1776
Daß doch Worte einen um das bringen müssen, was man am sehnlichsten wünschte! Ich sagte heute zu mir, wenn sie wohl wäre, sie käme vielleicht! Nachher redete ich mir auch das aus und setzte mich gelassen ans Klavier. – Nun denn, liebe Frau, was Sie tun, ist mir recht. Denn mir ist's genug, daß ich Sie so liebhaben kann, und das übrige mag seinen Weg gehen.

20. März 1776
Sie irrten sich, Engel. Unter allem, was mir auf Erden schädlich und tödlich sein könnte, ist Ärgernis das letzte. An Stoff dazu fehlt's freilich niemals, nur verarbeite ich ihn nicht. Wie befinden Sie sich, beste Frau, heute wäre ich schon weit von Ihnen ohne den Zufalle, und der ist mir auch lieb in dem Augenblick, weil ich Ihnen noch nah bin – Lassen Sie's gut sein; weil ich doch nun einmal die Schwachheit für die Weiber haben muß, will ich sie lieber für Sie haben als für eine andre. Adieu, Engel.

24. März 1776
Es ist mir lieb, daß ich wegkomme, um mich von Ihnen zu entwöhnen ... Doch ich habe mich nicht zu beklagen, Sie sind so lieb, als Sie sein dürfen, um mich nicht zu plagen. Sie könnten den einfältigen Vers: O Freundschaft, Quell erhabner pp. hier anbringen. Paßte aber doch nicht ganz und sagt im Grund nichts. Adieu.

Charlotte von Stein
Nach einem Gemälde von Karl v. Imhoff

24. März 1776
Noch ein Adieu – Ich sehe wohl, liebe Frau, wenn man Sie liebt, ist es, als wenn gesät würde, es keimt unbemerkt, schlägt auf und steht da – - und Gott gebe seinen Segen dazu – Amen.

Leipzig 25. März 1776
Nun hier! – Alles ist, wie's war, nur ich bin anders – Nur das ist geblieben, was die reinsten Verhältnisse zu mir hatten damals – Adieu, ich bin dumpf im Schlaf ...

Leipzig 31. März 1776
Liebe Frau. Ihr Brief hat mich doch ein wenig gedrückt. Wenn ich nur den tiefen Unglauben Ihrer Seele an sich selbst begreifen könnte, Ihrer Seele, an die Tausende glauben sollten, um selig zu werden. – Man soll eben in der Welt nichts begreifen sehe ich je länger je mehr. – Ihr Traum, Liebste! Und Ihre Tränen! – Es ist nun so! Das Wirkliche kann ich so ziemlich meist tragen; Träume können mich weich machen, wenn's ihnen beliebt. – Ich habe mein erstes Mädchen wiedergesehen (1) – Was das Schicksal mit mir vorhaben mag! Wie viele Dinge ließ es mich nicht auf dieser Reise in bestimmtester Klarheit sehen! Es ist, als wenn diese Reise sollte mit meinem vergangenen Leben saldieren (abrechnen). Und gleich knüpft's wieder neu an. Bald komm' ich. Ade! Ade!

(1) Käthchen Schönkopf

5. April
Da haben Sie ihn schon wieder. Liebste Frau, darf ich heute früh mit Lenzen (1) kommen? Wie fatal waren mir

die Meerkatzen (2) gestern, just im Augenblick, da ich so viel, so viel Ihnen zu sagen hatte. Adieu Beste.

(1) Der Dichter Lenz war am 1. April zum Besuch seines Freundes Goethe nach Weimar gekommen, weil er sich von ihm Protektion erhoffte.
(2) Scherzname für die Steinschen Kinder

Goethe an Wieland, April 1776
Ich kann mir die Bedeutsamkeit, die Macht, die diese Frau über mich hat, anders nicht erklären als durch die Seelenwanderung. Ja, wir waren einst Mann und Weib! – Nun wissen wir von uns – verhüllt, in Geisterduft. – Ich habe keine Namen für uns – die Vergangenheit – die Zukunft – das All.

Warum gabst du uns die tiefen Blicke
Unsre Zukunft ahndungsvoll zu schaun
Unsrer Liebe, unsrem Erdenglücke
Wähnend selig nimmer hinzutraun?
Warum gabst uns Schicksal die Gefühle
Uns einander in das Herz zu sehn,
Um durch all die seltnen Gewühle
Unser wahr Verhältniß auszuspähn.

Ach so viele tausend Menschen kennen
Dumpf sich treibend kaum ihr eigen Herz,
Schweben zwecklos hin und her und rennen
Hoffnungslos in unversehnem Schmerz;
Jauchzen wieder wenn der schnellen Freuden
Unerwarte Morgenröthe tagt.
Nur uns armen liebevollen beyden
Ist das wechselseitge Glück versagt
Uns zu lieben ohn uns zu verstehen,
In dem andern sehn was er nie war
Immer frisch auf Traumglück auszugehen
Und zu schwanken auch in Traumgefahr.

Glücklich den ein leerer Traum beschäftigt!
Glücklich dem die Ahndung eitel wär!
Jede Gegenwart und jeder Blick bekräftigt
Traum und Ahndung leider uns noch mehr.

14. April 1776
An Frau von Stein

Warum gabst du uns die tiefen Blicke,
Unsre Zukunft ahnungsvoll zu schaun,
Unsrer Liebe, unserm Erdenglücke
Wähnend selig nimmer hinzutraun?
Warum gabst uns, Schicksal, die Gefühle,
Uns einander in das Herz zu sehn,
Um durch all die seltenen Gewühle
Unser wahr Verhältnis auszuspähn?

Ach, so viele tausend Menschen kennen,
Dumpf sich treibend, kaum ihr eigen Herz,
Schweben zwecklos hin und her und rennen
Hoffnungslos in unversehrtem Schmerz!
Jauchzen wieder, wenn der schnellen Freuden
Unerwart'te Morgenröte tagt:
Nur uns armen liebevollen beiden
Ist das wechselseit'ge Glück versagt,
Uns zu lieben, ohn' uns zu verstehen,
In dem andern sehn, was er nie war,
Immer frisch auf Traumglück auszugehen
Und zu schwanken auch in Traumgefahr.

Glücklich, den ein leerer Traum beschäftigt,
Glücklich, dem die Ahnung eitel wär'!
Jede Gegenwart und jeder Blick bekräftigt
Traum und Ahnung leider uns noch mehr.

Sag', was will das Schicksal uns bereiten?
Sag', wie band es uns so rein genau?
Ach, du warst in abgelebten Zeiten
Meine Schwester oder meine Frau!

Kanntest jeden Zug in meinem Wesen,
Spähtest, wie die reinste Nerve klingt,
Konntest mich mit einem Blicke lesen,
Den so schwer ein sterblich Aug' durchdringt.
Tropftest Mäßigung dem heißen Blute,
Richtetest den wilden, irren Lauf,
Und in deinen Engelsarmen ruhte
Die zerstörte Brust sich wieder auf.
Hieltest zauberleicht ihn angebunden
Und vergaukeltest ihm manchen Tag.
Welche Seligkeit glich jenen Wonnestunden,
Da er dankbar dir zu Füßen lag,
Fühlt' sein Herz an deinem Herzen schwellen,
Fühlte sich in deinem Auge gut,
Alle seine Sinnen sich erhellen
Und beruhigen sein brausend Blut.

Und von allem dem schwebt ein Erinnern
Nur noch um das ungewisse Herz,
Fühlt die alte Wahrheit ewig gleich im Innern,
Und der neue Zustand wird ihm Schmerz.
Und wir scheinen uns nur halb beseelet;
Dämmernd ist um uns der hellste Tag.
Glücklich, daß das Schicksal, das uns quälet,
Uns doch nicht verändern mag!

16. April 1776
Wenn's Ihnen einmal so ist, schreiben Sie mir doch mein Gedicht ab, ich hab's nicht mehr, möcht's von Deiner Hand – sollst auch Ruh vor mir haben.

1. Mai 1776
Du hast recht, mich zum Heiligen zu machen, das heißt, mich von Deinem Herzen zu entfernen ... Gut, ich will Dich nicht sehen! – Gute Nacht.

2. Mai 1776
Guten Morgen. Mir fiel's schwer, liebe Frau, gestern mein Gelübde zu halten, und so wird mir's auch heute mit Ihrem Verlangen gehen. Doch da meine Liebe für Sie eine anhaltende Resignation ist, mag's denn so hingehen. Denken Sie mein.

24. Mai 1776
Also auch das Verhältnis, das reinste, schönste, wahrste, das ich außer meiner Schwester je zu einem Weibe gehabt, auch das gestört! – Ich war drauf vorbereitet, ich litt nur unendlich für das Vergangene und das Zukünftige ... Ich will Sie nicht sehen, Ihre Gegenwart würde mich traurig machen. Wenn ich mit Ihnen nicht leben soll, so hilft mir Ihre Liebe so wenig als die Liebe meiner Abwesenden, an der ich so reich bin. Die Gegenwart im Augenblicke des Bedürfnisses entscheidet alles, lindert alles, kräftigt alles. Der Abwesende kommt mit seiner Spritze, wenn das Feuer nieder ist – und das alles um der Welt willen! Die Welt, die mir nichts sein kann, will auch nicht, daß Du mir was sein sollst – Sie wissen nicht, was Sie tun. Die Hand des einsam Verschloßnen, der die Stimme der Liebe nicht hört, drückt hart, wo sie aufliegt. Adieu, Beste.

22. Juni 1776
Liebste Frau, ich darf nicht dran denken, daß Sie Dienstag weggehen (1), daß Sie auf ein halbes Jahr hinaus von mir ab sind. Denn was hilft alles! Die Gegenwart ist's allein, die wirkt, tröstet und erbaut! – Wenn sie auch wohl manchmal plagt – und das Plagen ist der Sommerregen der Liebe. Ich habe Sie viel lieber seit neulich, viel teurer und viel werter ist mir Deine Gutheit zu mir ...

(1) zur Kur in Bad Pyrmont

2. Juli 1776
Es ist und bleibt Gegenwart alles! – Was hilft mich's, daß Sie in der Welt sind, daß Sie an mich denken. Sie fehlen mir an allen Ecken, ich schleiche meinen Tag herum, und es ist mir eben weh bei der Sache ...

8. August 1776
Deine Gegenwart (1) hat auf mein Herz eine wunderbare Wirkung gehabt; ich kann nicht sagen, wie mir ist! Mir ist wohl und doch so träumig. Zeichnen konnte ich gestern nicht. Ich saß auf Witzlebens Felsen, die herrlich sind, und konnte nichts hervorbringen; da schrieb ich Dir:

Ach wie bist du mir,
Wie bin ich dir geblieben!
Nein an der Wahrheit
Verzweifl ich nicht mehr.
Ach wenn du da bist
Fühl ich, ich soll dich nicht lieben
Ach wenn du fern bist
Fühl ich, ich lieb dich so sehr.

Heute will ich auf den Hermannstein und womöglich die Höhle zeichnen ... Ich schwöre Dir, ich weiß nicht, wie mir ist. Wenn ich so denke, daß sie mit in meiner Höhle war, daß ich ihre Hand hielt, indes sie sich bückte und ein Zeichen in den Staub schrieb!!! Es ist wie in der Geisterwelt, ist mir auch wie in der Geisterwelt ... Dein Verhältnis zu mir ist so heilig sonderbar, daß ich erst recht bei dieser Gelegenheit fühlte: Es kann nicht mit Worten ausgedrückt werden, Menschen können's nicht sehen.

(1) Charlotte hatte auf der Rückreise von Bad Pyrmont Goethe in Ilmenau besucht.

8. November
Ich war verlegen, welcher der Jahrestag wäre, daß ich in Weimar bin. Gestern war er, liebste Frau! Und wie gefeiert! – Und wie beschenkt! – Was Ihre Bedenklichkeiten aufgespart hatten, alles auf einmal, und eben in dem Augenblick, wo ich alles so fühlen konnte, so zu fühlen bedurfte. Ich mußte mein Tagebuch nachsehen, um Ihre Zettelchen zu verstehen hier und da, und fand alles. Wie viel wieder lebendig wurde! Ach die acht Wochen (1) haben doch viel verschüttet in mir, und ich bleibe immer der ganz sinnliche Mensch ...

(1) September und Oktober verbrachte Charlotte auf dem Familiensitz Schloß Kochberg

18. Mai 1777
Ich wollte den ganzen Tag und Abend zu Ihnen und war immer abgehalten, könnte aber nicht ruhig schlafen, wenn ich Ihnen nicht noch gute Nacht sagte, ob Sie gleich den ganzen Tag in Weimar sein konnten, ohne

mich ein Wort hören zu lassen. Gute Nacht, immer bleibende Liebste.

5.–7. Juli 1777

Sonnabends d. 5. Jul. Abends halb 10, Kochberg, in Ihrem Schlafzimmer, nur noch eine gute Nacht. Heute komm' ich von Dornburg und bin in dem Ihrigen mit den Ihrigen. Es ist eine wehe Empfindung, daß Sie nicht da sind. Gute Nacht ... Müde bin ich und 1000 Gedanken jagen sich mir im Kopfe. Ich mag, ich kann nicht anfangen.

Sonntag früh. Guten Morgen Beste! Wie ich erstaunt und vergnügt war, da ich aufwachte. Ich hatte von Weimar geträumt und wache auf und finde mich hier. – Und Sie nicht! Vor einem Jahr waren Sie da, und mir war's versagt. Ich bin mit meinem Dasein und meinen Hoffnungen wie zwischen Himmel und Erde aufgehangen ...

Montag abends. Ich bin wieder in Weimar und gleich aus der reinen Stimmung des gestrigen Tags. Ihr Zettelchen habe ich gekriegt, ich vermutete den Inhalt (1), und das erstemal war's, daß ich eins von Ihnen ungerne aufbrach. Was kann ich Ihnen sagen. Leben Sie wohl.

(1) Charlotte teilte ihm mit, daß sie mit ihrem leidenden Gatten nach Bad Pyrmont reist.

7. November 1777

Heute ist's eben zwei Jahr, daß ich herkam. Diese noch einmal zu leben!?? Nun, am Ende doch. Adieu, Gold.

8. November 1777

Gestern von Ihnen gehend habe ich noch wunderliche Gedanken gehabt; unter andern, ob ich Sie auch wirklich liebe, oder ob mich Ihre Nähe nur wie die Gegenwart eines so reinen Glases freut, drin sich's so gut sich bespiegeln läßt. Hernach fand ich, daß das Schicksal, da es mich hierher pflanzte, vollkommen gemacht hat, wie man's den Linden tut: man schneidet ihnen den Gipfel weg und alle schönen Äste, daß sie neuen Trieb kriegen, sonst sterben sie von oben herein. Freilich stehn sie die ersten Jahre wie Stangen da. Adieu …

1. Februar 1778
Es ist doch hübsch von Ihnen, daß Sie den, den Sie nicht mehr lieben, doch mit eingemachten Früchten nähren wollen. Dafür danke ich. Ob's gleich aussieht, als wenn Sie mir Gerichte schickten, damit ich nicht kommen solle, sie bei Ihnen zu verzehren.

An den Mond

Füllest wieder 's liebe Thal
Still mit Nebelglanz
Lösest endlich auch einmal
Meine Seele ganz

Breitest über mein Gefild
Lindernd deinen Blick
Wie der Liebsten Auge, mild
Über mein Geschick

Das du so beweglich kennst
Dieses Herz im Brand
Haltet ihr wie ein Gespenst
An den Fluß gebannt

Wenn in öder Winternacht
Er vom Tode schwillt
Und bey Frühlingslebens Pracht
An den Knospen quillt.

Selig wer sich vor der Welt
Ohne Haß verschließt
Einen Mann am Busen hält
Und mit dem genießt,

Was den Menschen unbewußt
Oder wohl veracht
Durch das Labyrinth der Brust
Wandelt in der Nacht.

19. Februar 1778

An den Mond

Füllest wieder 's liebe Tal
Still mit Nebelglanz,
Lösest endlich auch einmal
Meine Seele ganz.

Breitest über mein Gefild
Lindernd deinen Blick
Wie der Liebsten Auge, mild
Über mein Geschick.

Das du so beweglich kennst,
Dieses Herz im Brand,
Haltet ihr wie ein Gespenst
An den Fluß gebannt.

Wenn in öder Winternacht
Er vom Tode schwillt,
Und bei Frühlingslebens Pracht
An den Knospen quillt.

Selig, wer sich vor der Welt
Ohne Haß verschließt,
Einen Mann am Busen hält
Und mit dem genießt,

Was dem Menschen unbewußt
Oder wohl veracht'
Durch das Labyrinth der Brust
Wandelt in der Nacht.

10. April 1778
Ich weiß sehr wohl, wie Sie meine Picks traktieren; daß es mir aber ernst ist, sehen Sie daran, daß ich nicht komme, ob ich gleich gern käme. Adieu, lieber Engel, hier schicke ich Ihnen Blumen. Wenn ich's übers Herz bringen kann, so gehe ich auf den Montag fort. Wenn man nicht sagen kann, wie lieb man eins hat, so scheint's, man wolle sich mit Bösem helfen, wenn's im Guten nicht fort will.

25. April 1778

Mit einer Hyazinthe.
Aus dem Zaubertal dortnieden,
Das der Regen still umtrübt,
Aus dem Taumel der Gewässer
Sendet Blume, Gruß und Frieden
Der dich immer treu und besser
Als du glauben magst geliebt.

Diese Blume, die ich pflücke
Neben mir vom Tau genährt,
Läßt die Mutter still zurücke,
Die sich in sich selbst vermehrt.
Lang entblättert und verborgen,
Mit den Kindern an der Brust,
Wird am neuen Frühlingsmorgen
Vielfach sie des Gärtners Lust.

3. August 1778
Liebste, ich habe gestern abend bemerkt, daß ich nichts lieber sehe in der Welt als Ihre Augen und daß ich nicht lieber sein mag als bei Ihnen. Es ist schon was Altes, und doch fällt mir's immer einmal wieder auf.

20. April 1779
Soll man's gut oder böse deuten, wenn man die kindischsten Empfindungen nicht loswerden kann? Ich gönne und wünsche Ihnen immer Freude, und daß Sie eine kleine Lust ohne mich genießen, macht mir einen Tag üblen Humor. Daß so viel Selbstisches in der Liebe ist, und doch, was wäre sie ohne das. Ich habe mich in den Büschen an der Straße versteckt, um Sie hereinfahren zu sehen; um wenige Minuten hätte ich ganz nahe bei Ihnen verborgen stehen können, ich kam zu spät und mußte in der Ferne bleiben. Wenn sie mit mir wäre, dachte ich, genösse sie den schönen Abend, der über alles schön ist, nun fährt sie im Staub hinein ...

21. April 1779
Noch einen guten Morgen. Der Tag kommt nach dem wenigen Regen unendlich schön, das Grün wird satter und die Gegend treibt sich in die Fülle. Ein recht willkommner Anblick dem, der mit Gedanken aufwacht an das, was er liebt. Adieu, Liebste.

23. Mai
Wenn ich nur was andres hätte Ihnen zu schicken als Blumen, und immer dieselbigen Blumen. Es ist wie mit der Liebe, die ist auch monoton.

4. Juli 1779 nachts
Ich weiß nicht, ob der 5. Juli auch in Ihrem Kalender mit Charlotte bezeichnet ist; in meinem steht's so, und ich hatte gehofft, Ihnen zum Morgengruß ein Zeichen einer anhaltenden Beschäftigung für Sie zu schicken. Es wollte mir nicht gelingen, drum schicke ich Ihnen das schönste von meinem Hausrat. Ich kann diesen mir so ominösen

Namenstag nicht vorbeigehen lassen, ohne Ihnen anders als alle Tage zu sagen, daß ich Sie liebe.

7. September 1779
Ihre Weste trage ich bei jeder Feierlichkeit; ich möchte ein ganzes Gewand haben, das Sie gesponnen und gewirkt hätten, um mich drein zu wickeln. Ich schicke Ihnen, was von Egmont fertig ist und alle meine andren Sachen, heben Sie mir sie auf. Da ich zuletzt von Ihnen ging, schied ich ungerner, als Sie mich ließen, denn ich wußte, daß ich Sie so bald nicht wiedersehen würde. Wir verreisen und zwar eine gewünschte und gehoffte Reise (1); wie wir einen Schritt vorsetzen, sollen Sie Nachricht haben. Und Sie schreiben mir auch, hoff' ich. Leben Sie wohl. Und recht wohl.

(1) Mit dem Herzog in die Schweiz, bis 13. Januar 1780. Goethe führte für Charlotte ein Reisetagebuch.

24. Juni 1780
An dem unsäglichen Verlangen, Sie wiederzusehen, fühle ich erst, wie ich Sie liebe. Die Sachen hängen wunderlich in den Menschen zusammen. Diese Sehnsucht nach Ihnen trifft auf eben die Nerve, wo der alte Schmerz, daß ich Sie das erste Jahr in Kochberg nicht sehen durfte, sich verheilt hat, bringt eben die Empfindung hervor und erinnert mich wie eine alte Melodie jener Zeit ...

2. Juli 1780
Guten Morgen, meine Beste! Wie lange habe ich Sie nicht gesehen. Gestern abend kamen Sie nicht herunter. Wollen Sie mich zu Mittage. Abends muß ich nach Ettersburg.

8. August 1780
Guten Morgen, Liebste. Die ganze Nacht habe ich von Ihnen geträumt, nur haben wir nie einig werden können. Adieu. In meiner Seele will's noch nicht recht hell werden. Daß es Ihnen recht wohl sei!

10. November 1780
Ich wollte anfragen, ob Sie diesen Nachmittag zu Hause sind? Ich käme von Hofe herüber und brächte die erste Szene vom Tasso mit. Es scheint mir rätlich zu sein, daß wir uns nach und nach mit diesem Stück bekannt machen.

13. Dezember 1780
Zwar wollte ich heute wieder durchs Entbehren erfahren, wie lieb ich Sie habe. Ich denke doch aber, es ist besser, Linsensuppe mit Ihnen aus der Pastetenschale zu essen, also komme ich um 12 Uhr.

Charlotte von Stein

16. Dezember 1780

Sag ich's euch, geliebte Bäume,
Die ich ahndevoll gepflanzt,
Als die wunderbarsten Träume
Morgenrötlich mich umtanzt?
Ach, ihr wißt es, wie ich liebe,
Die so schön mich wiederliebt,
Die den reinsten meiner Triebe
Mir noch reiner wiedergibt.

Wachset wie aus meinem Herzen,
Treibet in die Luft hinein;
Denn ich grub viel Freud und Schmerzen
Unter eure Wurzeln ein.
Bringet Schatten, traget Früchte,
Neue Freude jeden Tag;
Nur daß ich sie dichte, dichte,
Dicht bei ihr genießen mag!

4. Februar 1781
Kaum bin ich aufgestanden, so mache ich schon Pläne, wie ich zu Ihnen kommen und den Tag bei Ihnen zubringen will.

Ich bin recht leidlich, außer dem Hals, und mag gern allerlei tun. Solange das geht, werde ich in meinem Schneegestöber aushalten und schreiben und zeichnen, hernach komme ich und fahre mit Ihnen ins Konzert. Adieu, meine liebe Kometenbewohnerin.

22. März 1781
Deine Liebe ist mir wie der Morgen- und Abendstern; er geht nach der Sonne unter und vor der Sonne wieder auf.

Ja, wie ein Gestirn des Pols, das nie untergehend über unserm Haupt einen ewig lebendigen Kranz flicht. Ich bete, daß es mir auf der Bahn des Lebens die Götter nie verdunkeln mögen. Der erste Frühlingsregen wird unsrer Spazierfahrt schaden. Die Pflanzen wird er aufquellen, daß wir bald des ersten Grüns uns erfreuen. Wir haben noch so keinen schönen Frühling zusammen erlebt; möge er keinen Herbst haben. Adieu. Ich frage gegen 12 Uhr nach, wie es wird. Adieu, Beste, Liebste.

23. März 1781
Sagen kann ich nicht und darf's nicht begreifen, was Deine Liebe für ein Umkehren meinem Innersten bewirkt. Es ist ein Zustand, den ich, so alt ich bin, noch nicht kenne. Wer lernt aus der Liebe. Adieu. Gott erhalte Dich.

11. April 1781
Zum Morgengruß schicke ich Dir schöne Blumen und melde Dir einen köstlichen Tag ... In der Hoffnung, Dich abends zu sehen, will ich den Tag leben und mich Deiner Liebe erfreuen. Adieu, meine Beste.

14. April 1781
Der Tag ist wie gewünscht. Ich will ihn zu Hause zubringen, in Erwartung meiner Geliebten ... Kommen Sie ja zeitig und lassen mir Ihre lieben Augen unter dem schönen Himmel sagen, daß ich geliebt bin. Adieu. Adieu.

20. April 1781
Ich hab' ein großes Verlangen zu wissen, wie Du geschlafen hast und ob Du wohl bist. Von mir sag ich Dir nichts, noch vom Morgen. Ich habe gleich am Tasso schreibend Dich angebetet. Meine ganze Seele ist bei Dir ...

25. Juli 1781
Hier, Liebste, ist neben dem gestrigen auch noch ein heutiger Gruß. Als ich heute nach Hofe geladen wurde, ließ mich die Hoffnung, Dich dort zu sehen, nicht absagen. Welche Freude werde ich haben, Dich anzusehen und in Deinen Augen die Gewißheit zu lesen, daß Du mich liebst.

20. September 1781
Sag mir, wie Du geschlafen hast. Ich komme gar nicht von Dir weg. Von dem Kuchen gib Fritzen ein Teil. Was beiliegt, ist Dein. Wenn Du willst, so gebe ich's ins Tiefurter Journal und sage, es sei nach dem Griechischen. Adieu, Beste. Was wäre Morgen und Abend mir ohne Dich.

Beiliegend:

Euch bedaur' ich, unglücksel'ge Sterne
Die ihr schön seid und so herrlich scheinet,
Dem bedrängten Schiffer gerne leuchtet,
Unbelohnt von Göttern und den Menschen,
Denn ihr liebt nicht, kanntet nie die Liebe.
Unaufhaltsam führen ew'ge Stunden
Eure Reihen durch den weiten Himmel;
Welche Reise habt ihr schon vollendet,
Seit ich, bleibend in dem Arm der Liebsten,
Eurer und der Mitternacht vergessen!

25. Dezember 1781
Danke aber und abermal für alles. Bald seh' ich Dich, denn ich werde mich in Feierkleider setzen und Dir geputzt und bei Hofe und überall sagen, daß ich Dich unaussprechlich liebe. Viel Glück zum Geburtstag!

24. Januar 1782
Liebe Lotte. Meinem Herzen nach wär' ich schon mit dem Frühsten bei Dir gewesen. Es drängt sich aber so viel zusammen, daß ich kaum einen Augenblick finde, um Dir dies zu schreiben. Sobald mir möglich, komme ich.

30. Januar 1782
Wie notwendig mir gestern abend, als ich nach Hause kam, Deine Gegenwart gewesen wäre, kann ich Dir mit Worten nicht ausdrücken: ich unterhielt mich lange im Geist mit Dir. Habe tausend Dank für Dein Briefchen, ich komme noch vor Tische, kann aber wegen einer dringenden Arbeit vor 12 Uhr nicht ausgehn. Diesen Abend sind wir zusammen und so immer fort. Lebe wohl. Liebe mich, es ist mein größtes Bedürfnis.

2. Juni 1782
Zum ersten Male aus dem neuen Quartier (1) schreib' ich und schicke Dir, was Du aus dem alten so oft erhieltest, einen Morgengruß und die Versicherung meiner Liebe. Es ist mir ganz einerlei, wo ich bin, wenn ich Dir nur nahe wohne. Zugleich folgt ein Bund Spargel, den ich diesen Mittag mit Dir zu verzehren hoffe. Adieu, Lotte, ich sehe Dich bald.

(1) aus dem Haus am Frauenplan, das nur wenige hundert Meter vom Haus Charlottes entfernt liegt. Zuvor hatte er in seinem Gartenhaus gewohnt.

23. Juni 1782
Einen guten, obgleich späten Morgen. Ich habe schon wieder angefangen, am Wilhelm Meister zu schreiben, nachdem ich lange geschlafen hatte. Es sollen nicht zwei Tage

einander gleich sein. Bei Hofe hab' ich mich diesen Mittag entschuldigen lassen, ich kann mich nicht von meinen Büschen trennen als zu Dir. Mache immer Deine Besuche. Wenn Du diesen Abend nicht nach Hofe gebeten wirst: so sind wir zusammen. Sag es mir noch, Du immer gleich Geliebte.

6. Juli 1782
Du machst mir allein meinen Tag gut durch die Nachricht, daß es Dir wohl ist. Ich stecke in Zahlen und Akten. Liebe mich, so hab' ich eine Aussicht auf jeden Morgen und jeden Abend.

18. Juli 1782
Gieb, liebe Lotte, ein Zeichen des Lebens und der Liebe von Dir. Gestern konnte mir den ganzen Tag nicht wohl werden.

Am gleichen Tag
Ich schicke das Büchelchen nur zum Vorwand. Denn Du mußt mir noch ein Wort sagen, sonst habe ich keine Ruhe. Ich bin Dir viel schuldig, das weiß ich wohl, aber Du bist mir's auch. Laß mich nicht so.

19. Juli 1782
Sage mir, liebe Lotte, wie bist Du aufgestanden? Sag mir, ist es physisch, oder hast Du etwas in der Seele, was Dich kränkt? Du glaubst nicht, was mich Dein Zustand gestern geängstigt hat. Das einzige Interesse meines Lebens ist, daß Du offen gegen mich sein magst. Das Eingeschloßne halt' ich nicht aus. Lebe wohl. Der Deine.

22. Juli 1782
Ich will nicht überlästig sein, aber nur so viel sagen, daß ich's nicht verdient habe. Daß ich's fühle. Und schweige.

23. Juli 1782
So war es denn Gott sei Dank ein Mißverständnis, das Dich Dein Billet schreiben ließ. Ich bin noch betäubt davon. Es war wie der Tod, man hat ein Wort und keinen Begriff für so etwas ... Lebe wohl. Öffne mir Dein Herz wieder, liebe Lotte.

24. Juli 1782
Während ich schlief, kam die Erquickung von Dir; wie ich aufwache, erhalte ich sie. Noch weiß ich nicht, wie mir ist; o daß der Zustand bald vorüber gehn möge. Es ist noch so heiß, in einigen Stunden will ich kommen, will abwarten, wo es hinauswill, mein ganzes Wesen ist in seinem Innersten angegriffen. So tief Deine Liebe drang und mir wohl machte, so tief hat der Schmerz die Wege gefunden und zieht mich in mir selbst zusammen. Ich kann nicht weinen, und weiß nicht wohin. Adieu, verzeih mir. Dein Schmerz ist's, der mich ängstigt. Wenn Dir's nicht wieder mit mir wohl werden kann, so geb' ich auf, eine freudige Stunde zu haben.

Am gleichen Tag
Es wird, hoffe ich, werden; noch sitze ich da und sehe vor mich hin; es ist mir so wie eine Leerheit in meinem ganzen Wesen. Tausend Dank für Deine Liebe. Ich kann nichts zusammenbringen. Ängstige Dich nicht, Du kannst alles. O Geliebte. Ich will kommen, so bald ich nur kann.

25. Juli

Ich habe lang geschlafen und gut; Dein frühes Zettelchen empfängt mich und ist der erste Gruß des neuen Tags. Mir ist um vieles besser; noch wie ein vom Blitz Gestreifter fühl' ich eine kleine Lähmung, die wird aber bald verschwinden. Wenn die einzige Arznei angewendet wird. Wenn ich noch dran zurückdenke, so graust mich's wieder, und ich kann nicht eher ruhig werden, als bis ich für die Zukunft sicher bin. Wie gern will ich mich heute durch die Blechkästen und Akten durcharbeiten, da ich zu Dir mit Freuden meine Gedanken wenden kann. Lebe wohl und sei versichert, daß mein ganzes Wesen an Dich gebunden ist.

27. Juli 1782

Meine Liebste, meine Einzigste, wie dank ich Dir für alles, was Du mir tust. Ich wäre auch ohngefordert gekommen, wie kannst Du es anders denken. Aber ich bedarf's auch, glaub' es mir. Jeder Zweifel von Dir erregt ein Erdbeben in den innersten Festen der Tiefe meines Herzens.

5. August 1782

Mit Mühe stelle ich Akten, Korrespondenz pp. zwischen das Verlangen, Dich zu sehen. Ich werde wohl, denke ich, einen Vorwand finden, durchzubrechen und bei Dir zu sein. Sage mir ein liebes Wort. Heute mittag muß ich nach Tiefurt. Wie wirst Du es diesen Abend halten? Lebe wohl zu tausendmalen. Wie die Zeit vergeht; seitdem ich Deiner Liebe gewiß bin, ist's wie gar keine Zeit.

21. November 1782

Seit dem frühsten Morgen bin ich bei Dir. Mich kann nun Leben und Tod, Dichtung und Aktenlesen nicht von Dir trennen. Der Schnee kommt mir erwünscht, er bringt mir die vorigen Winterzeiten ins Gedächtnis und manche Szene Deiner Freundlichkeit. Lebe wohl, Du süßer Traum meines Lebens, Du Schlaftrunk meiner Leiden. Morgen ist Tee bei mir.

24. Dezember 1782, Leipzig
Liebe, hoff, ich bin wieder hier, der Herzog geht die Nacht, und ich bleibe. Kaum bleibt mir noch ein Augenblick, Dir zu schreiben und Dir zu sagen, wie ich Dich vermisse. Wenn mir diese Reise nichts nützt, so läßt sie mich den Wert einer Stunde mit Dir doppelt und dreifach fühlen ... Der Herzog geht ab, es regnet, und ich sage Dir Adieu. Es wird mir hier nicht wohl werden, ich fühl' es schon. Mein Herz ist zusammengezogen, mein Geist ist enge. O liebe Lotte, wenn ich Dich nicht hätte, ich ginge in die weite Welt (1). Adieu. Ich komme bald, behalte mich recht im Herzen ...

(1) das erste Anzeichen, das auf seine Flucht aus Weimar nach Italien (1786) vorausdeutet.

4. Januar 1783
So kann ich denn endlich den Morgen wieder in Deiner Nähe begrüßen. Wie schön die Sonne ist! Recht so freundlich und fröhlich wie mein Geist in Deiner Liebe. Ich kann Dir nichts sagen, ich kann Dir nicht danken. Sehnsuchtsvoll erwart' ich die Stunde, die mich wieder zu Dir bringt.

23. Januar 1783
Ich habe lange im Bett gelegen, es ist mir nicht ganz recht. Desto mehr freue ich mich, Dich bei mir zu sehen. Die

Goethe um die Zeit der italienischen Reise.
Aquarell von Tischbein, 1787

kleine Schwägerin will um drei Uhr kommen; schreibe mir, ob Du sie abholen oder durch meine Hintertüre gehen willst. Es ist nur soviel Schnee im Garten. Lebe wohl, Du sehnlichst Erwartete.

16. März 1783
So lang ich heute schon das Licht der Sonne sehe, denk' ich an Dich und verlange nach Dir. Ich will noch vor Tische spazieren laufen und Dich dann aufsuchen; es ist kalt und schmutzig, drum mag ich Dir nicht zumuten mitzugehen. Lebe wohl, meine Beste.

20. April 1783
Diese Blumen sollen Dir einen guten Morgen sagen. Es ist sehr schön, der Wind geht nur ein wenig. Wie lieblich wär' es, wenn Du heute bei mir essen und bleiben könntest. Der Hof (1) nimmt alle Freude weg und gibt nie Freude. Adieu Beste, ich will zu schreiben versuchen. Liebe mich.

(1) Abends wurde bei Hofe ein Oratorium aufgeführt.

9. November 1783
Deine freundliche Zusprache gestern abend hat mich bewogen, heute früh am Wilhelm (Meister) zu schreiben, und ich hoffe, heute das vierte Buch zu endigen und gleich das fünfte anzufangen. Am vierten schreibe ich akkurat ein Jahr seit dem 12. November 1782, wie ich angemerkt habe. Außerdem stehen noch Kasten und Akten um mich her ...

5. Dezember 1783
Liebe mich, das ist wahrlich fast das einzige, was mich noch halten mag.

11. Dezember 1783
Ich erwache wieder für Dich und bin glücklich, daß Dich mein Morgengruß so nahe besuchen kann. Die schöne Sonne hat mich hergestellt, denn heute früh war es mir nicht sonderlich. Diesen Abend komme ich zu Dir, wir wollen zusammen in ferne Länder gehn (1) und zusammen überall glücklich sein. Lebe wohl. Sag mir ein Wort, meine Beste.

(1) beim gemeinsamen Lesen einer Reisebeschreibung

29. Februar 1784
Schone doch, liebe Lotte, Dich um meinetwillen; so sehr mich Dein erster Anblick erfreute, weil ich Dich wohl sah, so innerlich hat mich Dein Übel gestern abend verstimmt, daß ich keiner freudigen Empfindung mehr fähig war. Sag mir, was Deine Augen machen. Sag mir, daß Du mich liebst. Wenn Du nicht wohl bist, hab' ich gar nichts mehr auf der Welt.

27. März 1784
Es ist mir ein köstliches Vergnügen geworden, ich habe eine anatomische Entdeckung (1) gemacht, die wichtig und schön ist. Du sollst auch Dein Teil dran haben. Sage aber niemand ein Wort. Herdern kündigt's auch einen Brief unter dem Siegel der Verschwiegenheit an. Ich habe eine solche Freude, daß sich mir alle Eingeweide bewegen. Lebe wohl. Wie sehr lieb' ich Dich! Wie sehr fühl' ich's in fröhlichen und traurigen Augenblicken. Es geht mir nur so wohl, weil Du mich liebst.

(1) die Entdeckung des Zwischenkieferknochens beim Menschen

24. November 1784
Hier, Lotte, zum Morgengruß! Ich habe viel zu tun. Wie ist Dein Tag eingeteilt? Gönnst Du mir den Abend? Sollten wir nicht Herders einladen?

4. Dezember 1784
Mich verlangt, ein Wort von Dir zu hören; ich will heute einiges tun und gegen Abend zu Dir kommen. Sage mir, daß Du wohl bist und daß Du mich liebst.

22. Dezember 1784
Eben wollte ich Dir noch Glück auf den Weg wünschen und Dich um ein Abschiedswort bitten. Lebe wohl, Du Liebste, und behalte mich im Herzen. Du bist mir unentbehrlich, und jede leichte Wolke macht schon Finsternis auf meinem Erdboden.

28. Dezember 1784
Du Beste, es ist wohl ein verlorener Tag, morgen wird's nicht besser werden, ich komme vielleicht einen Augenblick, ich habe so viel zu tun, daß ich nicht weiß, wo anfangen und wo endigen. Adieu, lieber Anfang! Liebes Ende!

8. Januar 1785
Wie freut mich einzig Deine Liebe. Gegen zwölf hole ich Dich ab, und wir wollen spazierengehen. Ich freue mich des schönsten Tags nur, wenn ich ihn mit Dir zubringen kann.

28. Januar 1785
Wie ein großes Verlangen hatte ich, heute mit Dir nach Hause zu fahren. Es war ein rechtes Opfer, das ich den

Papieren und Akten brachte, daß ich mich von Dir trennte. Möchte die gute Nacht, die ich Dir gebe, Dir Ruhe von dem Übel verschaffen. Lebe wohl. Das Essen hat mir recht gut geschmeckt.

2. Februar
Der gestrige Wein hat wieder seine wohltätigen Wirkungen gezeigt, ich habe sehr gut geschlafen und befinde mich wohl. Ich habe ein Mittagessen bei der Herzogin ausgeschlagen, um fleißig zu sein! Diesen Abend bin ich bei Dir.

3. März
Ich habe es oft gesagt und werde es noch oft wiederholen: die causa finalis *der Welt und Menschenhändel ist die dramatische Dichtkunst. Denn das Zeug ist sonst absolut zu nichts zu brauchen. Die Konferenz von gestern abend ist mir wieder eine der besten Szenen wert. Wie befindest Du Dich, Gute? Ich will meine Sachen wegmachen und diesen Abend bei Dir sein. Lebe wohl und sag mir ein Wort.*

8. März 1785. Jena
Die Kälte ist außerordentlich und die Gegend höchst schön bei dem Schnee und dem hohen Stand der Sonne. Knebel hat allerlei Neues von Journalen, und sonst ist es ganz anmutig hier sein (1). Wenn ich Hoffnung hätte, Dich hier zu sehen, wäre alles trefflich und gut. Auch unterbricht meine Ruhe der Gedanke, daß Du leidest. Ich erwarte recht sehnlich das schöne Wetter, das Dich ins Karlsbad führen soll. Lebe wohl. Schreibe mir bald ...

(1) Sein Begleiter Knebel schrieb an Herder: »Goethe hat sich hier wieder etwas Mut geholt … Sein reifendes Gefühl für das, was menschlich im Leben ist, nimmt ihm nachgerade alle Freude seines politischen Zustandes.«

16. März 1785
Ich danke Dir, Geliebte, für den Beistand, den mir Deine liebe Seele leistet. Es ist nicht gut, daß der Mensch allein sei … Lebe wohl, ich sehe Dich.

20. Juni 1785
Dieses Blatt soll Dich in Karlsbad bewillkommen, wo Du wohl keinen Brief von mir erwartest. Wenn Du ihn erbrichst, rücke ich Dir schon näher und habe lange keine so freudige Aussicht gehabt, als Dich zwischen den Bergen zu finden. Sorge, daß wir nicht weit auseinander wohnen und daß wir zusammen essen können. Ich wünsche Dir schönes Wetter und Gesundheit. Lebe wohl. Liebe mich, ich bleibe Dein.

7. August 1785. Karlsbad
Wie leer mir alles nach Deiner Abreise war, kann ich Dir nicht beschreiben und brauch' es Dir nicht zu sagen. Ich bin schon einigemal die Treppe in den Drei Rosen (1) in Gedanken hinaufgegangen. Ich lebe so fort, trinke und bade über den andern Tag …

(1) wo Charlotte gewohnt hatte

18. August 1785. Johanngeorgenstadt
Endlich, hier sechs Stunden von Karlsbad, wieder auf dem Wege zu Dir, meine Geliebte, meine Freundin, ein-

zige Sicherheit meines Lebens. Was ist alles andre, was jedes andre menschliche Geschöpf. Je mehr ich ihrer kennenlerne, je mehr seh' ich, daß mir in der Welt nichts mehr zu suchen übrigbleibt, daß ich in Dir alles gefunden habe ...

31. August 1785
Noch einen guten Morgen, meine Beste, und dann sind die guten Tage lange für mich hin (1). Wenn ich von Dir bin, fühl' ich so recht, daß die ganze Freude meines Lebens auf Dir ruht ...

(1) Charlotte reiste am 1. September für fünf Wochen auf ihren Familiensitz Schloß Kochberg

Potsd. d. 13ten Nov. 85.
nachts 11.

Den ganzen Tag habe ich in Gesellschaft zugebracht und nun noch ein Wörtchen mit Dir.

[illegible] als die paar Tage langer Abwesenheit [illegible] wenn ich komme und [illegible] mit [illegible] zu Dir zurück.

Unglücklich war ich heute [illegible] zu können [illegible] Deinem [illegible] alles bei dem alten [illegible] mich glücklich machen kann. Die [illegible] meiner Verlobung werden Dich, wenn ich sie Dir erzähle, mehr davon überzeugen als die stärksten Versicherungen [illegible] können. Ich bin Dein und muß Dein bleiben. Alles [illegible] drängt mich wieder zu Dir. Ich mag nicht weiter sagen.

Nächsten Abend bin ich wieder [illegible] nichts Geschäftliches vornimmt. Ich bin [illegible] bei Dir, mein [illegible] für Dich. J.

13. November 1785

Nachts 11

Den ganzen Tag habe ich in Gesellschaft zugebracht und nun noch ein Wörtchen mit Dir. Laß Dich die paar Tage längerer Abwesenheit nicht reuen, ich komme und eile womöglich mit vollerer Seele zu Dir zurück. Wie glücklich werde ich sein, Dir ausdrücken zu können, wie sehr ich Deinen Wert fühle und wie allein Du vor allen Wesen der Welt mich glücklich machen kannst. Die Schicksale meiner Wanderschaft werden Dich, wenn ich sie Dir erzähle, mehr davon überzeugen, als die wärmsten Versicherungen kaum tun können. Ich bin Dein und muß Dein sein. Alles leitet, treibt, drängt mich wieder zu Dir. Ich mag nichts weiter sagen. Dienstag abend bin ich wieder bei Dir, wenn nichts Sonderliches vorkommt. Ich bin schon bei Dir, mein Herz verzehrt sich für Dich.

31. Dezember 1785
Ich freue mich jedes Blicks, jedes Buchstabens von Dir. Laß uns einander auch im neuen Jahre bleiben. Wir wollen in Macbeth gehen. Um so etwas wenigstens gesehen zu haben.

1. Januar 1786
Guten Morgen, Geliebte. Ich bleibe zu Hause und richte mich ein. Gebe uns der Himmel ein gutes Jahr. Ich liebe Dich herzlich. Bleibe mir, wenn auch jetzt getrennter als sonst (1), das mir oft fast zu schwer wird. Lebe wohl. Ich bin Dein.

(1) Durch die neue Hofordnung seit Ende August 1785, die nur einen stark reduzierten Kreis bei den Mahlzeiten verlangte, mußte auch der Oberstallmeister von Stein nicht mehr so häufig bei Hofe sein; er verbrachte halbe Tage zu Hause, was zwangsläufig auch die Gewohnheiten von Goethe und Charlotte änderte.

4. Januar 1786
Wie vergnügt ich war, Dich wieder gestern zu besitzen, kann ich Dir nicht ausdrücken, da ich um Dich seither soviel Unruhe gehabt habe. Hier ist der Kalender. Lebe wohl.

6. Januar 1786
Schon lange sage ich Dir einen guten Morgen, ohne Dir ihn schreiben zu können, nimm ihn jetzt, obgleich spät, doch herzlich. Ich war fleißig und werde diesen Nachmittag fortfahren, gegen Abend bei Dir sein und mich Deiner Liebe freuen. Gestern ließ ich Dich gar ungern. Lebe wohl.

16. Januar 1786
Hier schicke ich Zeitungen und einen Brief des Prinzen.

Gingst Du wohl um zwölf spazieren? Es ist zwar ein wenig Wind. Ich kann es kaum mehr ertragen, so von Dir getrennt zu sein.

22. Januar 1786
Eben erhalte ich Dein Zettelchen; gern will ich mit Dir nach Hause fahren, mit Dir essen und so lang es geht bei Dir bleiben.

10. März 1786
Dieser Tag ist vorbeigegangen, ohne daß ich etwas von Dir gesehen oder gehört hätte. Ich will dann auch so still für mich endigen. Sag mir ein Wort. Ich war fleißig, um das nachzubringen, was ich bisher versäumte. Lebe wohl. Liebe mich.

25. Juni 1786
Tue, meine Liebe, was und wie Dir's recht ist, und es soll mir auch so sein. Behalte mich nur lieb und laß uns ein Gut, das wir nie wiederfinden werden, wenigstens bewahren, wenn auch Augenblicke sind, wo wir dessen nicht genießen können. Ich korrigiere am Werther und finde immer, daß der Verfasser übel getan hat, sich nicht nach geendigter Schrift zu erschießen. Heute mittag ißt Wieland mit mir, es wird über Iphigenien Gericht gehalten usw. Lebe wohl und liebe.

28. Juni 1786
Ich danke, mein bestes Herz! Die Nacht war schön, der Morgen auch. Ich freue mich, daß Du noch einige Tage bleibst (1). Ich sehe Dich bald.

(1) Charlotte reiste am 1. Juli nach Karlsbad

6. Juli 1786
Ich wünschte, Du könntest sehen, wie Du mir überall fehlst. Wem soll ich sagen, was ich denke? ... Und ich habe nun den nächsten Plan, Dich wiederzusehen. Mit (dem Verleger) Göschen bin ich wegen meiner Schriften einig, in einem Punkt hab' ich nachgegeben, übrigens hat er zu allem ja gesagt, er wird auf einer Reise nach Wien durch Karlsbad kommen. So mag denn das auch gehen ... Ich selbst bin schon nicht mehr hier, ich mag fast nichts mehr tun, ob ich gleich noch zu tun habe und sehne mich fort ... Lebe wohl, liebe mich! Ich komme bald.

2. September 1786. Karlsbad
Morgen, sonntags d. 3ten Sept. geh' ich von hier ab, niemand weiß es noch, niemand vermutet meine Abreise so nah. Ich muß machen, daß ich fortkomme, es wird sonst zu spät im Jahr ... Wenn Du ein Paket oder eine Rolle von mir erhältst, so mache sie nicht in Gegenwart andrer auf, sondern verschließ Dich in Dein Kämmerlein ...

Nachts elf
Endlich, endlich bin ich fertig und doch nicht fertig, denn eigentlich hätte ich noch acht Tage hier zu tun, aber ich will fort und sage auch Dir noch einmal Adieu! Lebe wohl, Du süßes Herz! Ich bin Dein.

Goethe war am 3. September um drei Uhr früh mit der Postkutsche aus Karlsbad abgereist – jedoch nicht, wie Charlotte glaubte, nach Weimar, sondern allein, nur bepackt mit Dachsranzen und Mantelsack, in Richtung Italien. Er reiste auch nicht unter seinem Namen und als Weimarer Minister, sondern mit den falschen Angaben »Philipp Müller, Maler aus Deutschland«. Außer seinem nach Weimar zurückkehrenden Diener Seidel kannte niemand sein Reiseziel; an Seidel war auch Goethes erster Brief aus Italien gerichtet, dem erklärende Briefe an Charlotte, den Herzog und an Herder beilagen.

Goethes Reise nach Italien ist zunächst eine Flucht vor den amtlichen Geschäften und diplomatischen Verpflichtungen im Dienst des Weimarer Herzogs. Sie waren mit seinem Willen, ein künstlerisches Eigenleben zu behaupten, nicht in Einklang zu bringen. Aus Rom schrieb er später: »Meine Lage wird die glücklichste sein, sobald ich an mich allein denke, wenn ich das, was ich so lange für meine Pflicht gehalten, aus meinem Gemüt verbanne und mich recht überzeuge: daß der Mensch das Gute, das ihm widerfährt, wie einen glücklichen Rauch dahinnehmen und sich weder um rechts und links, viel weniger um das Glück und Unglück eines Ganzen bekümmern soll.« Nach seiner Rückkehr wird Goethe dem Herzog fortan als Freund zur Seite stehen, aber nicht mehr als verpflichteter Staatsdiener.

Eine Flucht war die Reise aber auch aus dem nun zehnjährigen, durch gesellschaftliche Rücksichten besonders im letzten Jahr stark eingeengten und belasteten Verhältnis zu Charlotte von Stein. Die Reise bedeutet faktisch den Bruch und die Trennung, obwohl der konfliktscheue Goethe dies vor sich und vor allem vor Charlotte noch längst nicht eingestehen wollte. Im Gegenteil: in seinen Briefen und mit einem für sie geführten Reisetagebuch band er die ahnungslos Zurückgelassene in sein Vorhaben ein und wollte sie zu seiner Redakteurin machen.

14. Oktober 1786. Venedig
Anfangs gedachte ich, mein Tagebuch allgemein zu schreiben, dann es an Dich zu richten und das Sie *(1) zu brauchen, damit es kommunikabel wäre, es ging aber nicht, es ist allein für Dich. – Nun will ich Dir einen Vorschlag tun. Wenn Du es nach und nach abschriebst …, verwandeltest das* Du *in* Sie *und ließest, was Dich allein angeht oder Du sonst denkst, weg, so fände ich, wenn ich wiederkomme, gleich ein Exemplar, in das ich hinein korrigieren und das Ganze in Ordnung bringen kann. Du müßtest aber doch daraus nicht vorlesen noch kommunizieren, denn sonst habe ich nichts zu erzählen, wenn ich zurückkomme. Auch sagst Du nicht, daß Du es hast, denn es soll noch niemand wissen, wo ich sei und wie es mit mir sei. Lebe wohl. Behalte mich lieb. Meine Hoffnung ist, Dich wiederzusehen. Ich verliere keine Stunde und bleibe nicht länger aus als nötig …*

(1) Selbst engste Freunde wußten nicht, daß Goethe und Charlotte sich duzten.

Am Ende werden es eindreiviertel Jahre sein, die Goethe von Weimar fortblieb. Vor allem zog es ihn nach Rom, das er am 29. Oktober 1786 erreichte. Hier fühlte er sich von seiner »ungeheuren Leidenschaft und Krankheit geheilt«, wollte aber noch weiter nach Süden und zugleich den römischen Aufenthalt verlängern. Also ging es am 22. Februar 1787 zunächst nach Neapel, am 29. März weiter nach Sizilien und schließlich am 7. Juni 1787 wieder zurück nach Rom. Von dort aus trat er erst am 23. April 1788 die Rückreise an und traf am 18. Juni 1788 wieder in Weimar ein. Die Briefe und Tagebuchseiten, die er Charlotte geschickt hatte, waren keineswegs inzwischen von ihr bearbeitet worden. Sie fühlte sehr genau, daß Goethe sie verlassen hatte, obwohl seine Briefe noch das Gegenteil beteuerten.

7. November 1786. Rom
Laß Dich's nicht verdrießen, meine Beste, daß Dein Geliebter in die Ferne gegangen ist, er wird Dir besser und glücklicher wiedergegeben werden ...

Charlotte muß ihm allerdings deutliche und endgültige Worte geschrieben haben, denn er antwortete:

8. Dezember 1786. Rom
Ich sage Dir nicht, wie Dein Blättchen mein Herz zerrissen hat. Lebe wohl, Du einziges Wesen, und verhärte Dein Herz nicht gegen mich.

13. Dezember 1786. Rom
Dein Zettelchen hat mich geschmerzt, aber am meisten darum, daß ich Dir Schmerzen verursacht habe. Du willst mir schweigen? Du willst die Zeugnisse Deiner Liebe zurücknehmen? Das kannst Du nicht, ohne viel zu leiden, und ich bin schuld daran. Doch vielleicht ist ein Brief von Dir unterwegs, der mich aufrichtet ...

Statt der von Goethe erhofften versöhnlichen Geste enthielt der nächste Brief Charlottes die erneute Mitteilung, daß sie sich von ihm als getrennt betrachte.

23. Dezember 1786. Rom
Laß mich Dir nur noch für Deinen Brief danken! Laß mich einen Augenblick vergessen, was er Schmerzliches

enthält. Meine Liebe! Meine Liebe! Ich bitte Dich nur fußfällig, flehentlich, erleichtere mir meine Rückkehr zu Dir, daß ich nicht in der weiten Welt verbannt bleibe. Verzeih mir großmütig, was ich gegen Dich gefehlt, und richte mich auf. Sage mir oft und viel, wie Du lebst, daß Du wohl bist, daß Du mich liebst ... Sieh mich nicht von Dir geschieden an; nichts in der Welt kann mir ersetzen, was ich an Dir, was ich an meinen Verhältnissen dort verlöre ... Daß Du krank, durch meine Schuld krank warst, engt mir das Herz so zusammen, daß ich Dir's nicht ausdrücke. Verzeih mir, ich kämpfte selbst mit Tod und Leben, und keine Zunge spricht aus, was in mir vorging; dieser Sturz hat mich zu mir selbst gebracht. Meine Liebe! Meine Liebe!

Die nächsten Briefe Charlottes scheinen ein Verzeihen und Nachgeben angedeutet zu haben, das Goethe im tiefsten Unbewußten nicht recht sein konnte. In dem Gefühlsdrama seiner Briefe wechselte nun der Ton unbedingter Anhänglichkeit zur unmißverständlichen Anklage, daß Charlotte wegen ihrer Ehe für ihn unerreichbar sei – und er deswegen ruhig seinen Aufenthalt verlängern könnte.

21. Februar 1787. Rom
Ich benutzte einen Augenblick Raum zwischen dem Einpacken, um Dir noch einige Worte zu schreiben ... Ich habe alles eingepackt, um noch südlicher, noch weiter von Dir zu gehen! Wann werde ich wieder hier sein? Wann einpacken, um Dir wieder näher zu rücken? ...

An Dir hänge ich mit allen Fasern meines Wesens. Es ist entsetzlich, was mich oft Erinnerungen zerreißen. Ach, liebe Lotte, Du weißt nicht, welche Gewalt ich mir ange-

Goethe am Fenster seiner römischen Wohnung.
Aquarell von Tischbein

tan habe und antue, und daß der Gedanke, Dich nicht zu besitzen, mich doch im Grund, ich mag's nehmen und stellen und legen wie ich will, aufreibt und aufzehrt. Ich mag meiner Liebe zu Dir Formen geben, welche ich will, immer, immer – Verzeih mir, daß ich Dir wieder einmal sage, was so lange stockt und verstummt. Wenn ich Dir meine Gesinnungen, meine Gedanken der Tage, der einsamsten Stunden sagen könnte. Leb wohl. Ich bin heute konfus und fast schwach. Leb wohl. Liebe mich, ich gehe nun weiter und Du hörst bald von mir ...

Gewiß, ich wäre schon so ferne, ferne,
So weit die Welt nur offen liegt, gegangen,
Bezwängen mich nicht übermächt'ge Sterne,
Die mein Geschick an deines angehangen,
Daß ich in dir nun erst mich kennen lerne.
Mein Dichten, Trachten, Hoffen und Verlangen
Allein nach dir und deinem Wesen drängt,
Mein Leben nur an deinem Leben hängt.

19. Januar 1788. Rom

Wenn ich von Deinen Übeln, von Deinem Zahnweh höre, wird mir's im Gemüt, wie ich Dir's nicht ausdrücken kann, daß Dir unter dem unglücklichen Himmel das Leben unter Schmerzen hingehen soll. Ich habe doch diese ganze Zeit keine Empfindung aller der Übel gehabt, die mich im Norden peinigten, und lebe mit eben derselben Konstitution hier wohl und munter, so sehr als ich dort litt. Ich habe manche Anzeichen, daß ich dieses Wohlsein, wie manches andre Gute, in Italien zurücklassen werde.

Auch eine Frau ließ Goethe in Rom zurück, die er wohl zu Beginn des Jahres 1788 kennengelernt und mit der er ein Liebesverhältnis begonnen hatte. Die 18. Römische Elegie verrät ihren Namen: Faustina – eine junge Witwe, die der deutsche Gast offenbar in einer Weinschenke kennengelernt hatte, und die ihr Verhältnis zu Goethe vor ihrem Onkel verheimlichen mußte. Daß diese vagen dichterischen Hinweise auf Realität beruhen könnten, durfte man erstmals den 1880 erschienenen Lebenserinnerungen des Malers Johann Karl Wilhelm Zahn entnehmen, der nach seiner Romreise 1827 Goethe in Weimar besucht hatte. Er überlieferte ein Gespräch, in dem sich Goethe lebhaft an die eigenen römischen Erlebnisse erinnerte: »Kennen Sie auch die Osteria alla Campana? ... Hier traf ich die Römerin, die mich zu den Elegien begeisterte. In Begleitung ihres Oheims kam sie hierher, und unter den Augen des guten Mannes verabredeten wir unsere Zusammenkünfte, indem wir den Finger in den verschütteten Wein tauchten und die Stunde auf den Tisch schrieben.« So steht es auch in der 15. Elegie:

... Und noch schöner von heut' an seid mir gegrüßet, ihr Schenken,
Osterien, wie euch schicklich der Römer benennt;
Denn ihr zeigtet mir heute die Liebste, begleitet vom Oheim,
Den die Gute so oft, mich zu besitzen, betrügt.
Hier stand unser Tisch, den Deutsche vertraulich umgaben:
Drüben suchte das Kind neben der Mutter den Platz,
Rückte vielmals die Bank und wußt' es artig zu machen,
Daß ich halb ihr Gesicht, völlig den Nacken gewann.
Lauter sprach sie, als hier die Römerin pfleget, kredenzte,
Blickte gewendet nach mir, goß und verfehlte das Glas.

Wein floß über den Tisch, und sie, mit zierlichem Finger,
Zog auf dem hölzernen Blatt Kreise der Feuchtigkeit hin.
Meinen Namen verschlang sie dem ihrigen; immer begierig
Schaut' ich dem Fingerchen nach, und sie bemerkte mich wohl.
Endlich zog sie behende das Zeichen der römischen Fünfe
Und ein Strichlein davor. Schnell, und sobald ich's gesehn,
Schlang sie Kreise und Kreise, die Lettern und Ziffern zu löschen;
Aber die köstliche Vier *blieb mir ins Auge geprägt …*

Diese Geschichte ist so romantisch schön, daß man sich geradezu verpflichtet fühlte, ihr ein tragfähiges Gerüst zu verleihen. Unter dem Pseudonym »Carletta« veröffentlichte der Journalist Antonio Valeri 1899 seinen sensationellen Essay »Goethe a Roma«, in dem er Faustinas Identität enthüllte: In den Kirchenbüchern hatte er eine Faustina di Giovanni gefunden, die Tochter eines Gastwirts, verwitwet nach sechsmonatiger Ehe. Der kleine Sohn, den Goethe in der 6. Elegie erwähnt, ließ sich in den Urkunden nicht ausfindig machen, was Valeri damit erklärte, daß das Kind erst nach dem Tod des Vaters geboren wurde und die Register der zuständigen Pfarrei nicht erhalten seien. Seither geistert durch alle Biographien jene Faustina di Giovanni als Goethes Geliebte, mit der er jene römischen Nächte teilte, von deren Freuden er in der 5. Elegie schreibt:

Froh empfind' ich mich nun auf klassischem Boden begeistert;
Vor- und Mitwelt spricht lauter und reizender mir.
Hier befolg' ich den Rat, durchblättre die Werke der Alten
Mit geschäftiger Hand, täglich mit neuem Genuß.
Aber die Nächte hindurch hält Amor mich anders beschäftigt:

Werd' ich auch halb nur gelehrt, bin ich doch doppelt beglückt.
Und belehr' ich mich nicht, indem ich des lieblichen Busens
Formen spähe, die Hand leite die Hüften hinab?
Dann versteh' ich den Marmor erst recht, ich denk' und vergleiche,
Sehe mit fühlendem Aug', fühle mit sehender Hand.
Raubt die Liebste denn gleich mir einige Stunden des Tages,
Gibt sie Stunden der Nacht mir zur Entschädigung hin.
Wird doch nicht immer geküßt, es wird vernünftig gesprochen;
Überfällt sie der Schlaf, lieg' ich und denke mir viel.
Oftmals hab' ich auch schon in ihren Armen gedichtet
Und des Hexameters Maß leise mit fingernder Hand
Ihr auf den Rücken gezählt. Sie atmet in lieblichem Schlummer,
Und es durchglühet ihr Hauch mir bis ins Tiefste die Brust.
Amor schüret die Lamp' indes und denket der Zeiten,
Da er den nämlichen Dienst seinen Triumvirn getan.

Leider hatte der römische Journalist mit einem ebenso perfiden wie erfolgreichen Trick gearbeitet: Er veröffentlichte die von ihm gefundenen Dokumente mit den vollständigen Quellenangaben, so daß er durch diesen scheinbaren Nachweis wissenschaftlicher Seriosität fast einhundert Jahre lang eine nochmalige Überprüfung seiner Quellen im Original verhinderte. Als dies dann doch geschah, stellte sich heraus, daß Valeri die Todesurkunde von Faustinas Ehemann in einer geringfügig gefälschten Version abgedruckt hatte: Nicht ihr Mann war 1784 verstorben, sondern Faustina selbst. Valeri hatte nur die Vornamen ausgetauscht. Jene Faustina di Giovanni, der Valeri das biographische Recht auf Goethes Liebe verschafft hatte, war in Wirklichkeit schon zwei Jahre tot, bevor Goethe nach Rom kam. Auch sind die »Römischen Elegien« nicht in

Rom entstanden, sondern erst nach Goethes Rückkehr in Weimar.

Am 18. Juni 1788, abends um 10 Uhr im Schein des Vollmonds, traf Goethe wieder in Weimar ein. Der Abschied von Rom und der uns unbekannten Geliebten war ihm schwergefallen: »In jeder großen Trennung«, so schrieb er in den letzten Tagen seines Aufenthalts, »liegt ein Keim von Wahnsinn, man muß sich hüten, ihn nachdenklich auszubrüten und zu pflegen.« Und einem Freund vertraute er an: »Ich kann und darf nicht sagen, wieviel ich bei meiner Abreise von Rom gelitten habe ...« Aber er nahm diese Trennung auf sich, der Freunde wegen, und er wurde bitter enttäuscht: »Aus Italien, dem formreichen, war ich in das gestaltlose Deutschland zurückgewiesen, heitern Himmel mit einem düstern zu vertauschen; die Freunde, statt mich zu trösten und wieder an sich zu ziehen, brachten mich zur Verzweiflung. Mein Entzücken über entfernteste Gegenstände, mein Leiden, mein Klagen über das Verlorne schien sie zu beleidigen, ich vermißte jede Teilnahme, niemand verstand meine Sprache.«

Ohne freundliche Worte, »ohne Herz«, wie Herders Frau bemerkte, empfing ihn auch Charlotte. Sie war nun fünfundvierzig Jahre alt, kränklich, verbittert und abgelebt; Goethe hingegen mit seinen vierzig Jahren hatte gerade ein neues Leben begonnen. Sie trafen sich bei gesellschaftlichen Anlässen und begegneten einander förmlich und mit Kälte. Eine Einladung, sie im Sommer auf Schloß Kochberg zu besuchen, lehnte er ab: »Die Witterung macht mich ganz unglücklich, und ich befinde mich nirgends wohl als in meinem Stübchen; da wird ein Kaminfeuer angemacht, und es mag regnen, wie es will.« Er erbat seine Reisebriefe von ihr, um sie literarisch zu verarbeiten, und gab sie nicht wieder zurück. So ging das Jahr unerfreulich dahin. Am 21. Februar 1789 sprachen die Herzogin und Frau Herder, wie diese zwei Tage später berichtet, von Goethe und Charlotte: »Das Verhältnis ist noch immer nicht im Gleis. Sie will nicht verzeihen und er nicht um Verzeihung bitten; so scheint es uns. Ich will nicht tiefer hineinsehen. Ich denke, er sei's wohl wert, daß man um ihn etwas leidet.«

Durch einen Zufall erfuhr Charlotte, daß Goethe eine Liebesbeziehung zu Christiane Vulpius begonnen hatte und sie regelmäßig in seinem Gartenhaus empfing. Diese Entdeckung machte eine erneute Annäherung für sie unmöglich. Am 5. Mai 1789 fuhr sie zur Kur nach Bad Ems und hinterließ Goethe einen Brief, in dem sie, nach seiner Antwort zu schließen, offenbar neben vielen Vorwürfen als Bedingung für einen künftigen gesellschaftlichen Verkehr die Beendigung des Verhältnisses mit Christiane forderte.

1. Juni 1789. Belvedere
Ich danke Dir für den Brief, den Du mir zurückließest, wenn er mich gleich auf mehr als eine Weise betrübt hat. Ich zauderte, darauf zu antworten, weil es in einem solchen Falle schwer ist, aufrichtig zu sein und nicht zu verletzen.

Wie sehr ich Dich liebe, wie sehr ich meine Pflicht gegen Dich und Fritzen (1) kenne, habe ich durch meine Rückkunft aus Italien bewiesen ... Was ich in Italien ver-

lassen habe, mag ich nicht wiederholen; Du hast mein Vertrauen darüber unfreundlich genug aufgenommen.

Leider warst Du, als ich ankam, in einer sonderbaren Stimmung, und ich gestehe aufrichtig: daß die Art, wie Du mich empfingst, wie mich andre nahmen, für mich äußerst empfindlich war. Ich sah Herdern, die Herzogin verreisen, einen mir dringend angebotenen Platz im Wagen leer, ich blieb um der Freunde willen, wie ich um ihretwillen gekommen war, und mußte mir in demselben Augenblick hartnäckig wiederholen lassen, ich hätte nur wegbleiben können, ich nehme doch keinen Teil an den Menschen usw. Und das alles, ehe von einem Verhältnis die Rede sein konnte, das Dich so sehr zu kränken scheint.

Und welch ein Verhältnis ist es? Wer wird dadurch verkürzt? Wer macht Anspruch an die Empfindungen, die ich dem armen Geschöpf gönne? Wer an die Stunden, die ich mit ihr zubringe?

Frage Fritzen, die Herdern, jeden, der mir näher ist, ob ich unteilnehmender, weniger mitteilend, untätiger für meine Freunde bin als vorher? Ob ich nicht vielmehr ihnen und der Gesellschaft erst recht angehöre.

Und es müßte durch ein Wunder geschehen, wenn ich allein zu Dir das beste, innigste Verhältnis verloren haben sollte. Wie lebhaft habe ich empfunden, daß es noch da ist, wenn ich Dich einmal gestimmt fand, mit mir über interessante Gegenstände zu sprechen.

Aber das gestehe ich gern: die Art, wie Du mich bisher behandelt hast, kann ich nicht erdulden. Wenn ich gesprächig war, hast Du mir die Lippen verschlossen; wenn ich mitteilend war, hast Du mich der Gleichgültigkeit, wenn ich für Freunde tätig war, der Kälte und Nachlässigkeit beschuldigt. Jede meiner Mienen hast Du kontrol-

Goethe und Fritz von Stein

liert: meine Bewegungen, meine Art zu sein getadelt und mich immer mal a mon aise *(2) gesetzt. Wo sollte da Vertrauen und Offenheit gedeihen, wenn Du mich mit vorsätzlicher Laune von Dir stießest.*

Ich möchte gerne noch manches hinzufügen, wenn ich nicht befürchtete, daß es Dich bei Deiner Gemütsverfassung eher beleidigen als versöhnen könnte ... Möge Dir die Kur, die Reise recht wohl bekommen. Ich gebe die Hoffnung nicht ganz auf, daß Du mich wieder erkennen werdest. Lebe wohl. Fritz ist vergnügt und besucht mich fleißig. Der Prinz befindet sich frisch und munter.

(1) Goethe hatte die Erziehung von Charlottes Sohn übernommen.
(2) ins ungünstigste Licht gesetzt

Dieser Brief wurde von ihr nicht beantwortet. Mit Goethes unmißverständlicher Weigerung, sein Verhältnis mit Christiane zu beenden, fühlte sich Charlotte endgültig von ihm verraten und verlassen. Sie kehrte am 6. Juli 1789 aus Bad Ems zurück; fortan für Goethe eine Fremde. Trotz des engen Beziehungsgeflechts in der kleinen Residenzstadt Weimar sollte es bis 1796 dauern, daß ein erneuter, nun sehr zaghafter und förmlicher Austausch beginnen konnte, der vor allem an Fragen von Fritzens Ausbildung anknüpfte. Sie nannte ihn nun »lieber Geheimrat« und er sie »verehrte Freundin«.

Charlotte von Stein starb nach Vollendung des 85. Lebensjahres am 6. Januar 1827. Sie hatte noch verfügt, daß man ihren Leichnam nicht an Goethes Haus vorbeitragen sollte, weil es seinen Nerven schaden könnte. Tatsächlich haßte Goethe alles, was mit der Thematik des Todes zusammenhing, weil es ihn an seine eigene Sterblichkeit erinnerte. Bei dem Begräbnis ließ er sich durch seinen Sohn vertreten. Im Zuge einer Neugestaltung des Friedhofs wurde über Charlottes Grab ein Weg geführt. Niemand weiß heute mehr, wo ihr Grab lag.

Christiane Vulpius
idealisierte Zeichnung von Goethe

Christiane Vulpius

1764–1816

Sie war dreiundzwanzig Jahre alt, als sie am 12. Juli 1788, drei Wochen nach seiner Rückkehr aus Italien, ein Zusammentreffen mit Goethe im Weimarer Park provozierte: Sie trat als Bittstellerin auf für ihren zwei Jahre älteren Bruder Christian August Vulpius, einen erfolglosen Literaten, der damals schon elf Romane und acht Dramen geschrieben hatte, ohne den Durchbruch zu schaffen. Später wird er mit seinem Räuberroman »Rinaldo Rinaldini« berühmt werden. Jetzt erwartete er von dem heimgekehrten Minister und einflußreichen Schriftsteller eine Empfehlung, vor allem aber baldige finanzielle Hilfe – und da er sich gerade auf einer Reise durch Süddeutschland befand, um Kontakte zu Theatern zu knüpfen, bediente er sich für seine Bitte des Charmes seiner Schwester. Selbst ihre Intimfeindin Karoline Jagemann beschrieb sie in ihren Memoiren als ansehnliche Person: »In meiner Kindheit wohnte sie neben uns und war ein sehr hübsches, freundliches, fleißiges Mädchen; aus ihrem apfelrunden, frischen Gesicht blickten ein Paar brennend schwarze Augen, ihr etwas aufgeworfener kirschroter Mund zeigte, da sie gern lachte, eine Reihe schöner weißer Zähne, und dunkelbraune volle Locken fielen ihr um Stirn und Nacken.«

Goethe waren die prekären finanziellen Verhältnisse der Familie Vulpius bekannt: Als Mitglied des Ministerrats hatte er 1782 der Entlassung des Vaters aus dem Staatsdienst wegen eines geringfügigen Vergehens zugestimmt. Die damals sechzehnjährige Christiane trat daraufhin in eine neugegründete Manufaktur für künstliche Blumen ein, um zum Lebensunterhalt der Familie beizutragen. Sie mußte dort Stoffblumen zur Dekoration von Damenhüten herstellen und auf Häubchen oder Kleider nähen.

Der Bruder studierte mit einem Stipendium des Herzogs Jura an der Universität in Jena, doch dieses Stipendium war 1785 ausgelaufen. Der Vater, der nach seiner Entlassung nur ein monatliches Gnadengehalt von einem Taler bezogen hatte, war im März 1786 gestorben, und offenbar hatte Goethe bis zu seiner Abreise nach Italien im September 1786 dem nunmehrigen Familienoberhaupt Christian August Vulpius Geld zukommen lassen, aber eben nur bis zu diesem Zeitpunkt. »In meiner Abwesenheit verlor er jede Unterstützung«, heißt es bei Goethe. Christianes Bruder muß seine Schwester vor seiner Abreise nach Süddeutschland gebeten haben, sofort mit Goethe in Verbindung zu treten, falls er in der Zeit seiner Abwesenheit zurückkehrte.

Nun wird Christiane wohl nicht über drei Wochen gewartet haben, um ihre Bitte vorzutragen. Viel wahrscheinlicher ist, daß sie sich vor dem Treffen im Park zuerst brieflich an Goethe wandte, möglicherweise sogar selbst zum Haus am Frauenplan ging und von ihm empfangen wurde – immerhin wissen wir, daß Goethe bereits am 11. Juli einen Brief an Vulpius nach Nürnberg schickte, also einen Tag vor der in den Biographien so genannten »ersten« Begegnung mit Christiane im Park. Und ob es im Park war, weiß man auch nicht zuverlässig.

Vielleicht könnte es so gewesen sein: Christiane hatte ein Bittgesuch ihres Bruders in Goethes Haus abgegeben und nichts mehr von ihm gehört. Der Bruder mag aus Nürnberg geschrieben haben, es hätte wohl keinen Erfolg gehabt. Man darf füglich annehmen, daß Goethe nach seiner fast zweijährigen Abwesenheit von Weimar Wichtigeres zu tun hatte, als Bittgesuche umgehend zu erfüllen. Aber er tat es mit geringer Verzögerung doch – was Christiane nicht wissen konnte, als sie einen Tag nach Goethes Briefsendung ihm persönlich begegnete. Da wird er ihr an jenem 12. Juli 1788 auf ihre erneute Bitte hin erklärt haben, daß die Sache bereits erledigt und das Problem aus der Welt geschafft sei. Vielleicht war Christiane also nicht allein vom gewinnenden Wesen des glücklichen Italien-Heimkehrers verzaubert, daß sie sich Goethe gleich an diesem Tag hingab. Jedenfalls fühlte er sich veranlaßt, sie darüber zu beruhigen:

Lass dich reun

~~Gräme~~ Geliebte ~~dich~~ nicht dass du so

bald mir

schnell dich ergeben,

Glaub es ich dencke nicht frech, dencke

nicht niedrig von dir.

Laß dich, Geliebte, nicht reun, daß du mir so schnell
dich ergeben!

Glaub es, ich denke nicht frech, denke nicht niedrig
von dir …

Fortan feierten Goethe und Christiane diesen 12. Juli als den Tag ihrer Hochzeit. Der Beginn war einfach, die Fortführung dieses Verhältnisses keineswegs. In seiner Wohnung am Frauenplan konnte Goethe seine Geliebte nicht regelmäßig empfangen, also mußte sein Freund Knebel rasch, schon am 19. Juli, aus dem Gartenhaus ausziehen, das ein unbeobachtetes Versteck bot. Christiane behielt zunächst ihre Stellung in der Blumenmanufaktur und kam, wenn es dunkel war. Für die Weimarer Gesellschaft schien Goethe wie verloren; er nehme an nichts mehr Anteil, monierten seine Freunde. »Er will sich auch nie zeigen«, schrieb Frau Herder, »und nimmt sich vor jeder Äußerung in acht, aus der man Schlüsse ziehen könnte.« Während die anderen, allen voran Charlotte von Stein, sich über sein sonderbar abweisendes Benehmen beklagten, saß er vergnügt im Gartenhaus und arbeitete am »Tasso« und an den »Römischen Elegien«, zu denen ihn Christiane inspiriert hatte. Als Frau von Stein ihn Ende Juli nach Kochberg einlud, ließ er sie einen Monat warten und entschuldigte sich dann mit der schlechten Witterung: »Ich befinde mich nirgends wohl als in meinem Stübchen, da wird ein Kaminfeuer angemacht, und es mag regnen, wie es will.« Die Verliebten werden davon wenig bemerkt haben:

Uns ergötzen die Freuden des echten nacketen Amors
und des geschaukelten Betts lieblicher knarrender Ton.

Für die unbeschwerte Liebeslust des Paares sprechen diverse, im Archiv erhaltene Rechnungen: Mehrfach

Christiane Vulpius
Zeichnung von Goethe.

mußte ein Handwerker kommen, um das zusammengebrochene Bett zu reparieren, und als das nichts half, wurde ein neuer Unterbau zur Stabilisierung konstruiert. Als Goethe am 5. September zusammen mit Frau Herder und anderen doch noch zu Frau von Stein nach Kochberg fuhr, schlief er nachmittags ein.

Zwei Tage nach der ersten Liebesnacht mit Christiane, am 14. Juli, schickte Goethe erneut Geld an ihren Bruder nach Nürnberg, diesmal zweiundzwanzig Gulden. In seinem Bemühen, Kontakte zu Theaterleuten zu knüpfen oder eine Stelle als Hauslehrer zu finden, war Christian August Vulpius bislang erfolglos geblieben und wollte deshalb zurück nach Weimar, wo er mit Goethes Vermittlung rechnete. Goethe dachte jedoch nicht daran, den jungen Mann nach Hause kommen zu lassen und ihn damit zum Mitwisser des Verhältnisses mit seiner Schwester zu machen; also schickte er weiterhin Geld, beschwichtigte ihn und empfahl ihn an Verleger und entfernter lebende Freunde. Tatsächlich gelang es ihm, das Verhältnis in Weimar fast ein dreiviertel Jahr geheimzuhalten – angesichts der Enge der Stadt und der fast konspirativen Klatschsucht ihrer Bewohner ein wirkliches Kunststück, das ohne Christianes aktives Einverständnis nicht möglich gewesen wäre:

Sie, von vielen Männern gesucht, vermeidet die Schlingen,
Die ihr der Kühnere frech, heimlich der Listige legt;
Klug und zierlich schlüpft sie vorbei und kennt die Wege,
Wo sie der Liebste gewiß lauschend begierig empfängt.
Zaudre, Luna, sie kommt! Damit sie der Nachbar nicht sehe;
Rausche, Lüftchen, im Laub! Niemand vernehme den Tritt.

Im Frühjahr 1789 wurde Goethes Verhältnis zu Christiane durch einen Zufall entdeckt: Ausgerechnet Frau von Steins Sohn und Goethes Zögling Fritz traf im Gartenhaus auf Christiane und fragte ahnungslos seine Mutter, wieso diese Frau dort wohnte. Der Skandal war nun nicht mehr aufzuhalten. Nahezu zeitgleich zur Aufdeckung seines Geheimnisses erfuhr Goethe von Christiane, daß sie schwanger war. Eine doppelt heikle Situation, denn Goethe mußte sich nicht nur der anzüglichen Kommentare seiner Bekannten über sein unstandesgemäßes Verhältnis erwehren, sondern insgeheim auch diplomatisch tätig werden. Denn was er und Christiane getan hatten, war nach geltendem Recht strafbar. Voreheliche Beischlaf, verheimlichte Schwangerschaft: das hatte für die Frau eine öffentliche Buße in der Kirche zur Folge, dem Mann drohte Gefängnis. Also sorgte Goethe hinter den Kulissen des Hofes für eine Abwendung der Strafen – und sicher hatte die Hofgesellschaft auch erwartet, er würde nun handeln wie jeder andere seines Standes. Es gab verschiedene Möglichkeiten: Er konnte die kleine Vulpius sofort abschieben, sie mit etwas Geld abfinden, ihr einen Mann suchen und die Aussteuer bezahlen; oder sie als Geliebte behalten, in einer kleinen Wohnung irgendwo außerhalb. Dann wären die Regeln des Anstands gewahrt.

Goethe tat nichts dergleichen. Er entschied sich für die unmögliche Lösung: er holte Christiane zu sich in die Wohnung am Frauenplan. Der geadelte Minister wollte mit einer Arbeiterin in wilder Ehe zusammenleben – für die Weimarer Gesellschaft war dies ein beispielloser Skandal. Die Hofschauspielerin Karoline Jagemann, selbst geborene Weimarerin und Mätresse des Herzogs, schrieb in ihren Memoiren: »Daß die Vulpius bei Goethe wohnte, war für die kleine Stadt etwas Unerhörtes. Er war der erste und einzige, der es wagte, die öffentliche Meinung ohne Scheu zu verachten, und man fand das um so verletzender, als man darin einen Mißbrauch des Vorrechts erkannte, das ihm die fürstliche Freundschaft in mancherlei Hinsicht gewährte.«

Da etwas Vergleichbares noch nicht vorgekommen war, wußte man zunächst nicht, wie man darauf reagieren sollte, bis die Herzogin Louise dem Geheimrat Goethe übermitteln ließ, er wolle doch hoffentlich nicht jeden Tag seinen Bastard vor ihren Augen herumtragen lassen. Der Herzog wies ihm zwei Wohnungen außerhalb der Stadt in den Jägerhäusern an, und Goethe mußte mit Christiane aus dem schönen Haus am Frauenplan dorthin umziehen. Es war eine Strafe, eine gesellschaftliche Degradierung, aber Goethe ertrug sie schweigend drei Jahre lang, bis er sich dem Herzog wieder so angedient hatte, daß die Familie, nun vermehrt um den am 25. Dezember 1789 geborenen Sohn August, ins Haus am Frauenplan zurückkehren durfte.

Dennoch war Goethe im Jägerhaus, den Blicken der Weimarer Gesellschaft entzogen, keineswegs unglücklich. Er arbeitete viel: Tasso, Clavigo, Egmont, aber er verstand es auch, mit seiner Frau und mit Freunden zu feiern, zu tanzen und zu essen: Champagner, Wildbret, Hühner, Karpfen verzeichnet das Ausgabenbuch. Mit Christiane ist er im Glück, wie er seinem Herzog in leidlichen Reimen versicherte:

Christiane Vulpius im Jägerhaus.
Zeichnung von Lips. 1791

Indes macht draußen vor dem Tor,
Wo allerliebste Kätzchen blühen,
Durch alle zwölf Kategorien
Mir Amor seine Späße vor.

Wer ihn besuchte, fand ihn so, wie es der Lehrer und Schriftsteller Böttiger in seinen Aufzeichnungen festhielt: »Nichts ist einfacher als seine jetzige Häuslichkeit. Abends sitzt er in seiner wohlgeheizten Stube, eine weiße Fuhrmannsmütze auf dem Kopf, ein Wolljäckchen und lange Flauschpantalons an, in niedergetretenen Pantoffeln und herabhängenden Strümpfen im Lehnstuhl, während sein kleiner Junge auf seinen Knien schaukelt. In einem Winkel sitzt stillschweigend und meditierend der Maler Meyer, auf der anderen Seite die Donna Vulpia mit dem Strickstrumpf.«

Das Bild der Idylle trügt. Goethe fühlte sich ausgegrenzt und plötzlich fremd in Weimar, das Niederdrückende seiner Situation ließ keine Gedichte mehr entstehen. Immer mehr beschäftigte er sich mit naturwissenschaftlichen Themen, vor allem mit einer Theorie des Lichts und der Farben: »Denn die Zeit des Schönen ist vorüber, nur die Not und das strenge Bedürfnis erfordern unsere Tage.«

Mit diplomatischem Geschick betrieb Goethe seine Rückkehr in das große Haus am Frauenplan, drängte den Herzog zum Kauf und hatte damit 1792 endlich den gewünschten Erfolg. Seine Gegenleistung war nicht nur die Übernahme der Weimarer Theaterdirektion, die er stets als lästige Pflicht empfand, sondern vor allem

Goethes Wohnhaus im Festschmuck zum Regierungs-Jubiläum Karl Augusts

Goethes Gartenhaus

die Begleitung des Herzogs auf einem Feldzug gegen Frankreich.

Die Französische Revolution ging ins vierte Jahr, man befürchtete ein Übergreifen der demokratischen Ideen auf die noch bestehenden europäischen Monarchien und wollte deshalb Paris erobern, um der Sache ein gründliches Ende zu machen. »Wir werden Champagner trinken, ohne einen Schuß zu tun«, meinte der Herzog, der als preußischer General am Feldzug teilnahm. Goethe begleitete ihn auf eigenen Wunsch ohne Funktion und Rang, nur als Freund und Beobachter. Der vermeintliche leichte Siegeszug wurde zum Fiasko; immerhin besaß der Herzog die Klugheit, verlustreiche Schlachten zu vermeiden und seine Truppen rechtzeitig zurückzuziehen. Aus dieser Zeit des militärischen Abenteurertums ist der erste Brief Goethes an Christiane überliefert; alle früheren Zettel und Briefe hat er 1797 verbrannt. Er verließ Weimar am 8. August 1792, um sich den Truppen anzuschließen – mitten im Umbau des Hauses am Frauenplan.

9. August 1792. Gotha
Es ist gar zu nichts nütze, daß man sich von denen entfernt, die man liebt, die Zeit geht hin, und man findet keinen Ersatz. Wir sind in Gotha angelangt, und ich denke, bald wieder wegzugehen, ich habe nirgends Ruhe. Meyer wird Dir erzählen, wie ich gleich in Erfurt bin von Wanzen gequält worden und wie ich mich auch hier vor der Nacht fürchtete. Da sind die Zimmerleute besser, die doch nur morgens pochen. Ich bin aber wohl und hoffe, es soll mir noch wohler werden, wenn ich erst einmal Eisenach im Rücken habe. Von hier schicke

ich Dir nichts als den schönsten Gruß und die Versicherung, daß ich Dich sehr liebe. Von Frankfurt soll aber bald das zierlichste Krämchen ankommen. Lebe wohl, liebe mich, halte alles gut in Ordnung und küsse den Kleinen.

17. August 1792. Frankfurt
Heute habe ich Deinen Brief erhalten, meine liebe Kleine, und schreibe Dir nun auch, um Dir wieder einmal zu sagen, daß ich Dich recht lieb habe und daß Du mir an allen Ecken und Enden fehlst.

Meine Mutter habe ich wohl angetroffen und vergnügt, und meine Freunde haben mich alle gar freundlich empfangen. Es gibt hier mancherlei zu sehen, und ich bin diese Tage immer auf den Beinen geblieben. Meine erste Sorge war das Judenkrämchen, das morgen eingepackt und die nächste Woche abgeschickt wird. Wenn es ankommt, wirst Du einen großen Festtag feiern, denn so etwas hast Du noch nicht erlebt. Hebe nur alles wohl auf, denn einen solchen Schatz findet man nicht alle Tage.

Lebe wohl. Grüße Herrn Meyer und küsse den Kleinen. Sag ihm, der Vater komme bald wieder. Gedenke mein. Bringe das Haus hübsch in Ordnung und schreibe mir von Zeit zu Zeit.

21. August 1792. Frankfurt
Heute geh' ich, liebe Kleine, von Frankfurt ab und nach Mainz. Ich muß Dir nur sagen, daß mir's recht wohl gegangen ist, nur daß ich zuviel habe essen und trinken müssen. Es wird mir aber noch besser schmecken, wenn mein lieber Küchenschatz die Speisen zubereiten wird. Das Judenkrämchen geht auch heute ab und wird nicht

lange nach diesem Briefe eintreffen. Ich wünschte, ein Mäuschen zu sein und beim Auspacken zuzusehen. Es hat mir recht viel Freude beim Einpacken gemacht. Hebe nur alles wohl auf. Adieu, mein liebes Kind. Äugelchen (1) hat es gar nicht gesetzt. Behalte mich nur so lieb wie ich Dich. Adieu, grüße Herrn Meyern, küsse den Kleinen und schreibe mir bald.

(1) »Äugelchen« heißt in Goethes und Christianes privatem Code »liebäugeln, flirten«.

25. August 1792. Trier
Wo das Trier in der Welt liegt, kannst Du weder wissen noch Dir vorstellen; das schlimmste ist, daß es weit von Weimar liegt und daß ich weit von Dir entfernt bin. Es geht mir ganz gut. Ich habe meine Mutter, meine alten Freunde wiedergesehen, bin durch schöne Gegenden gereist, aber auch durch sehr garstige, und habe böse Wege und starke Donnerwetter ausgestanden. Ich bin hier, ungefähr noch eine Tagreise von der Armee, in einem alten Pfaffennest, das in einer angenehmen Gegend liegt. Morgen gehe ich hier ab und werde wohl übermorgen im Lager sein. Sobald es möglich ist, schreibe ich Dir wieder. Du kannst um mich ganz unbesorgt sein. Ich hoffe, bald meinen Rückweg anzutreten. Mein einziger Wunsch ist, Dich und den Kleinen wiederzusehen, man weiß gar nicht, was man hat, wenn man zusammen ist. Ich vermisse Dich sehr und liebe Dich von Herzen. Das Judenkrämchen ist wohl angekommen und hat Dir Freude gemacht. Wenn ich wiederkomme, bringe ich Dir noch manches mit, ich wünsche, recht bald. Lebe wohl. Grüße Meyern und sei mir ein rechter Hausschatz. Adieu, lieber Engel, ich bin ganz Dein.

28. August 1792. Lager bei Longwy
Gestern bin ich im Lager bei dem Herzog angelangt, habe ihn recht wohl und munter gefunden und schreibe Dir in seinem Zelte mitten unter dem Geräusch der Menschen, die an einer Seite Holz fällen und es an der andern verbrennen. Es ist fast anhaltender Regen, die Menschen werden weder Tag noch Nacht trocken, und ich kann sehr zufrieden sein, daß ich in des Herzogs Schlafwagen eine Stelle gefunden habe, wo ich die Nacht zubringe. Alle Lebensmittel sind rar und teuer, alles rührt und regt sich, um sich seine Existenz nur ein wenig leidlicher zu machen. Dabei sind die Menschen meist munter und ziehen bald aus diesem, bald aus jenem Vorfall einen Spaß. Gestern kamen zwei erbeutete Fahnen, himmelblau, rosenrot und weiß, einige Pferde, zwei Kanonen und viele Flinten an, worüber man sogleich Regen und Kot vergaß ...

Dieses schreibe ich Dir auf französischem Grund und Boden nicht weit von Longwy, das die Preußen vor einigen Tagen eingenommen haben. Sei meinetwegen unbesorgt, ich habe Dich recht lieb und komme sobald als möglich wieder. Küsse den Kleinen, an den ich oft denke.

Auch an alles, was um Dich ist, an unsere gepflanzten Kohlrüben und so weiter; lebe wohl, mein Liebstes.

2. September 1792. Lager vor Verdun
Du mußt, liebes Kind, bald wieder ein Briefchen von mir haben. Wir sind schon weiter in Frankreich, das Lager steht bei Verdun. Die Stadt wollte sich nicht ergeben und ist gestern nacht beschossen worden. Es ist ein schrecklicher Anblick, und man möchte sich nicht denken, daß man was Liebes darin hätte. Heute wird sie sich ergeben und die Armee weiter gegen Paris gehen. Es geht alles so geschwind, daß ich wahrscheinlich bald wieder bei Dir

bin. Es war recht gut, daß ich bald ging. Ich befinde mich recht wohl, ob mir gleich manche Bequemlichkeit und besonders mein Liebchen fehlt. Behalte mich ja recht lieb, sorge für Haus und Garten, grüße Herrn Meyer, küsse den Kleinen und iß Deine Kohlrabi in Frieden. Um mich sei unbesorgt. Leb wohl, ich liebe Dich herzlich. Aus Paris bringe ich Dir ein Krämchen mit, das noch besser als ein Judenkrämchen sein soll. Lebe recht wohl.

8. September 1792. Bei Verdun
Wir stehen noch bei Verdun, werden aber wohl bald vorwärts gehen; ich befinde mich recht wohl und habe keine Zeit, hypochondrisch zu sein. Wäre es möglich, daß ich Dich um mich hätte, so wollte ich mir's nicht besser wünschen. Ich denke immer an Dich und den Kleinen und besuche Dich im Hause und im Garten und denke mir schon, wie hübsch alles sein wird, wenn ich wiederkomme. Du mußt mich aber nur lieb behalten und nicht mit den Äugelchen zu verschwenderisch umgehen. Ehe wir hier abreisen, wird ein Körbchen abgehen mit Likör und Zuckerwerk, davon genieße was mit Herrn Meyer, das übrige hebe auf, ich schicke Dir noch allerlei in die Haushaltung. Wenn dieser Brief ankommt, bist Du vielleicht schon im vorderen Quartier. Richte nur alles wohl ein und bereite Dich, eine liebe kleine Köchin zu werden. Es ist doch nichts besser, als wenn man sich liebt und zusammen ist. Lebe recht wohl und bleibe mein. Ich habe Dich recht herzlich lieb.

10. September 1792
... Du erfährst wieder, daß ich mich wohl befinde, Du weißt, daß ich Dich herzlich lieb habe. Wärst Du nur jetzt bei mir! Es sind überall große breite Betten, und Du soll-

test Dich nicht beklagen, wie es manchmal zu Hause geschieht. Ach! Mein Liebchen! Es ist nichts besser, als beisammen zu sein. Wir wollen es uns immer sagen, wenn wir uns wiederhaben. Denke nur! Wir sind so nah an Champagne und finden kein gutes Glas Wein. Auf dem Frauenplan soll's besser werden, wenn nur erst mein Liebchen Küche und Keller besorgt.
Sei ja ein guter Hausschatz und bereite mir eine hübsche Wohnung. Sorge für das Bübchen und behalte mich lieb. Behalte mich ja lieb! Denn ich bin manchmal in Gedanken eifersüchtig und stelle mir vor, daß Dir ein andrer besser gefallen könnte, weil ich viele Männer hübscher und angenehmer finde als mich selbst. Das mußt Du aber nicht sehen, sondern Du mußt mich für den besten halten, weil ich Dich ganz entsetzlich lieb habe und mir außer Dir nichts gefällt. Ich träume oft von Dir, allerlei konfuses Zeug, doch immer, daß wir uns lieb haben. Und dabei mag es bleiben ... Behalte mich nur lieb und sei ein treues Kind; das andre gibt sich. Solang ich Dein Herz nicht hatte, was half mir das übrige; jetzt, da ich's habe, möchte ich's gern behalten. Dafür bin ich auch Dein. Küsse das Kind, grüße Meyern und liebe mich.

27. September 1792
Dein Briefchen mit dem großen Tintenklecks habe ich erhalten und freue mich, daß es Dir und dem Kleinen wohlgeht und daß Du im stillen der Bequemlichkeit und des Guten genießest, wie ich es Dir hinterlassen habe ... Wir erleben viel Beschwerlichkeiten, besonders leiden wir vom bösen Wetter. Davon werde ich mich in Deinen Armen bald erholt haben. Recht wohl bin ich übrigens und munter. In meinem nächsten Brief kann ich Dir vielleicht mehr sagen ...

10. Oktober 1792. Verdun
... Du wirst nun wohl schon wissen, daß es nicht nach Paris geht, daß wir auf dem Rückzuge sind. Vielleicht bin ich, wenn Du diesen Brief erhältst, schon wieder in Deutschland. Der Krieg geht nicht nach Wunsch, aber Dein Wunsch wird erfüllt, mich bald wieder nahe zu wissen. Ich habe viel ausgestanden, aber meine Gesundheit ist ganz vortrefflich, es fehlt mir nicht das mindeste, und an Hypochondrie ist gar nicht zu denken. Du wirst einen recht muntern Freund wiederkriegen.

Du hast wohl getan, mir nichts vom Übel des Kleinen zu schreiben, bis es vorbei war. Ich wünsche Euch beide bald wiederzusehen und Euch an mein Herz zu drücken. Wenn ich Dir etwas schrieb, das Dich betrüben konnte, so mußt Du mir verzeihen. Deine Liebe ist mir so kostbar, daß ich sehr unglücklich sein würde, sie zu verlieren, Du mußt mir wohl ein bißchen Eifersucht und Sorge vergeben.

In wenigen Tagen hoffe ich, Dir wieder näher zu sein, und Du erhältst wieder einen Brief. Nun wirst Du ja auch wieder in die Komödie gehen und die Abende wenigstens eine kleine Lust haben.

Lebe wohl, küsse den Kleinen und sei vergnügt in Deinem Hauswesen ...

Das preußische Heer unter dem Oberbefehl des Herzogs Karl Wilhelm Ferdinand von Braunschweig, einem Bruder der Weimarer Herzogin-Mutter Amalia, hatte am 19. September noch Valmy erreicht und war dort von der französischen Revolutionsarmee aufgehalten worden. Mit der ergebnislosen Kanonade von Valmy am 20. September, die Goethe in den vordersten Linien erlebte, war die Niederlage der deutschen Fürsten be-

Goethe.
Kreidezeichnung von Lips. 1791

siegelt und die Heerführung klug genug, den Rückzug zu befehlen. Daß er an jenem Abend zu den preußischen Offizieren gesagt haben will: »Von hier und heute geht eine neue Epoche der Weltgeschichte aus, und ihr könnt sagen, ihr seid dabeigewesen«, ist eine spätere Stilisierung im Abstand von dreißig Jahren, als er über die »nicht nach Wunsch« verlaufene »Kampagne in Frankreich« schrieb. In einem Brief an Knebel vom 27. September hieß es noch weniger historisch-bedeutsam: »Es ist mir sehr lieb, daß ich das alles mit Augen gesehen habe und daß ich, wenn von dieser wichtigen Epoche die Rede ist, sagen kann: *et quorum pars minima fui* (und in der ich eine kleine Rolle spielte).« Auf dem Rückzug trennte sich Goethe mit seinem Diener von den Truppen, um sich in Luxemburg von den Strapazen zu erholen.

15. Oktober 1792. Luxemburg
Wir mußten eilig aus Verdun, und nun sind wir seit vorgestern in Luxemburg, in wenig Tagen geh' ich nach Trier und bin wahrscheinlich vor Ende dieses Monats in Frankfurt. Sobald ich dort ankomme, schreib' ich Dir. Wie froh ich bin zurückzukehren, kann ich Dir nicht ausdrücken, das Elend, das wir ausgestanden haben, läßt sich nicht beschreiben. Die Armee ist noch zurück, die Wege sind so ruiniert, das Wetter ist so entsetzlich, daß ich nicht weiß, wie Menschen und Wagen aus Frankreich kommen wollen.

Wir wollen es uns recht wohl sein lassen, wenn wir nur erst wieder zusammen sind. Lebe recht wohl, liebe mich und küsse den Kleinen ...

Die französischen Truppen verfolgten den Rückzug der preußischen Armee und hatten bald Speyer, Worms,

Mainz und Frankfurt besetzt. Um ihnen auszuweichen, fuhr Goethe mit einem Boot auf der Mosel von Trier nach Koblenz.

4. November 1792
Mein schöner Plan, Dich bald wiederzusehen, ist auf einige Zeit verrückt. Ich bin glücklich in Koblenz angelangt, es ist eine prächtige Gegend, und wir haben das schönste Wetter. Das alles kann mich aber nicht freuen, weil ich von Dir entfernt bin. Die Franzosen haben Frankfurt noch besetzt, und selbst der Weg durch Hessen ist nicht ganz sicher. Ich muß hier acht Tage zusehen, vielleicht besuche ich indessen Jacobi in Düsseldorf. Denn ich möchte doch gerne meine Mutter sehen. Wahrscheinlich verlassen die Franzosen bald Frankfurt. Alsdann gehe ich hin und bin bald bei Dir. Lebe indes recht wohl. Ich hoffe, daß Du nun eingezogen und in der Ordnung bist, daß die Treppe immer weiterrückt. Gebrauchet ja die Zeit, die ich abwesend bin, um so viel fertig zu machen, als die Witterung erlaubt ...

14. November 1792. Düsseldorf
Ich muß Dir wieder sagen, mein liebes Kind, wo ich bin und wie mir's geht. Von Koblenz eilte ich nach Düsseldorf, meinen alten Freund Jacobi zu besuchen, in dessen Umgang ich mich so wohl befinde, als ich mich vor einem Monat übel befand. Er ist sehr schön eingerichtet und ist, mit den Seinigen, sehr gut gegen mich.

Wegen meiner Rückreise bin ich in Verlegenheit. Sehnlichst verlang' ich Dich wiederzusehen und bin noch immer wie von Dir abgeschnitten. Frankfurt ist noch in den Händen der Franzosen, der Weg durch Hessen ist noch nicht sicher. Wenn es in acht Tagen nicht anders wird, gehe ich durch Westfalen. Die üblen Wege sollen mich nicht abhalten, wenn ich nur endlich einmal wieder bei Dir sein kann.

Ich hoffe, daß Du wohl bist, denn leider habe ich lange nichts von Dir gehört; ich denke immer an Dich und an den Kleinen und stelle mir vor, wie Du Dich immer artiger einrichtest, wie das Haus fertiger wird und wie hübsch es sein wird, wenn ich zu Dir komme.

Sei vergnügt, mein liebes Kind, genieße der Ruhe, indes so viele tausend Menschen, von Haus und Hof und allen ihren Gütern vertrieben, in der Welt herumirren und nicht wissen wohin. Küsse den Kleinen und liebe mich. Mein einziger Wunsch ist, Dich bald wieder zu besitzen. Antworte mir nicht, denn ehe Dein Brief ankommen könnte, bin ich schon hier weg. Ehe ich abreise, schreibe ich Dir und melde Dir, wann ich bei Dir sein kann.

Entgegen allen Beteuerungen hatte es Goethe überhaupt nicht eilig, nach Weimar zurückzukehren, da er die Unbequemlichkeiten und den Handwerkerlärm in seinem Haus fürchtete, dessen Umbau im Inneren immer noch nicht beendet war, wie er aus Christianes Briefen wußte. Erst am 4. Dezember 1792 verließ er Düsseldorf, besuchte einen Freund in Duisburg und verbrachte noch eine gesellige Woche in Münster im Hause der Gräfin Gallitzin. In der Nacht vom 15. zum 16. Dezember traf er nach einer Abwesenheit von über vier Monaten wieder in Weimar ein. Bereits fünf Monate später, am 12. Mai 1793, mußte er seine Familie wieder verlassen, um auf Befehl des Herzogs an der Belagerung der von den französischen Revolutionstruppen besetzten Stadt Mainz teilzunehmen. Christiane war im vierten Monat schwanger.

29. Mai 1793. Lager bei Marienborn
Ich bin nun wieder, meine Beste, im Lager angelangt, und es sieht ein gut Teil besser aus als vor dem Jahre. Man muß nur alles Gute und Bequeme, was man zu Hause verließ, eine Zeitlang aus dem Sinn schlagen, so kann es wohl angehen. Abwechslung gibt es genug und viel zu sehen und zu hören. Der Herzog ist recht wohl. Die Armee steht um eine große Stadt, über ein paar Flüsse weg, und man schießt Tag und Nacht. Ich wollte, Du wärst bei mir, so möchte das andre hingehn. Ich war in ein Dorf recht schön einquartiert, da haben mich die Wanzen wie gewöhnlich herausgejagt. Nun schlafe ich wieder im Zelte, angezogen, in einer Strohbucht, und habe eine Decke, die uns, hoffe ich, bald wieder zusammen zudecken soll. Ich denke viel an Dich, küsse Dich und den Kleinen in Gedanken ...

31. Mai 1793
Heute nacht sind wir unsanft geweckt worden. Die Franzosen attackierten das Hauptquartier, ein Dorf, ungefähr eine halbe Stunde von uns. Das Feuer war sehr lebhaft; sie wurden endlich zurückgetrieben. Deiner Bitte eingedenk, bin ich erst, da es Tag war und alles vorbei, hinuntergeritten. Da lagen die armen Verwundeten und Toten, und die Sonne ging hinter Mainz sehr prächtig auf.

Behalte mich lieb, ich werde mich um Deinetwillen schonen, denn Du bist mein Liebstes auf der Welt. Küsse den Kleinen. Ich hoffe, wir sehen uns bald wieder. Ich schreibe Dir von Zeit zu Zeit.

Christiane an Goethe
7. Juni 1793. Weimar
Lieber, ich habe das schöne Tuch und alles erhalten und mich herzlich gefreut, aber der Gruß von der lieben Mutter

ging mir über alles, ich habe vor Freuden drüber geweint. Ich habe was ohne Dein Wissen getan, ich habe an die liebe Mutter geschrieben und mich bei ihr bedankt, mein Herz ließ es nicht anders zu, ich mußte schreiben, Du bist doch nicht böse darüber? Der Brief wird nun freilich nicht recht sein, aber bitte die liebe Mutter, daß sie nicht böse auf mich wird, und sage ihr, daß ich es nicht besser kann. Ach, Lieber, wenn Du nur hier wärst und sähest, wie ich mich über das alles freue, aber am meisten freu' ich mich, daß die liebe Mutter nicht böse auf mich ist, das macht mich sehr glücklich, denn das hat mich noch manchmal betrübt. Im stillen habe ich darüber nachgedacht. Jetzt fehlt mir nichts als Du, mein Lieber, daß ich mich mit Dir freuen könnte und ich Dich an mein Herz drücken könnte und Dir sagen könnte, wie ich Dich immer herzlicher liebe und Du mein einziger Gedanke bist, denn jede Freude ist nur halb, wenn Du nicht dabei bist. Komm nur recht bald wieder ...

14. Juni 1793. Lager bei Marienborn
Du hast recht wohl getan, an meine Mutter zu schreiben, sie wird es ja wohl lesen können. Sie ist Dir recht gut, denn ich habe ihr erzählt, wie Du so brav bist und mich so glücklich machst ... Schreibe mir auch etwas von den Gästen; ich höre gern, daß im Hause die Arbeit hintereinander weg geht. Wir haben hier ein unruhiges Leben und doch herzlich langweilig mitunter. Lebe wohl, ich habe Dich über alles lieb.

10. Juli 1793. Lager bei Marienborn
Es ist mir sehr angenehm, oft von Dir zu hören, und ich schreibe Dir auch gern, Dir zu sagen, daß ich Dich liebe und mich wieder zu Dir sehne. Wir haben jetzt schön Wetter, fast zu heiß. Es wird Tag und Nacht kanoniert, die

Stadt hält aber noch immer fest. Du bist recht gut, daß Du mir viel schreibst und mir sagst, wie es im Hause aussieht. Putze nur den Saal recht auf, denn ich freue mich besonders darauf. Nach und nach wird unser Haus recht hübsch werden, und Du wirst mich immer recht lieb behalten ...

Weit und schön ist die Welt, doch oh, wie dank ich dem Himmel,
Daß ein Gärtchen, beschränkt, zierlich, mein eigen gehört!
Bringt mich wieder nach Hause! Was hat ein Gärtner zu reisen?
Ehre bringt's ihm und Glück, wenn er sein Gärtchen besorgt.

Am 22. August 1793 traf Goethe, nach einem Aufenthalt bei seiner Mutter in Frankfurt, wieder in Weimar ein. Christiane brachte am 21. November eine Tochter, Caroline, zur Welt, die jedoch am 3. Dezember starb. Einen Tag nach der Beerdigung schrieb Goethe an Jacobi: »Die trübe Jahreszeit hat mir trübe Schicksale gebracht. Wir wollen die Wiederkehr der Sonne erwarten.« Ein Jahr später wurde noch ein Sohn, Carl, geboren; auch er starb nach zwei Wochen, eine weitere Tochter, Kathinka, 1802 nach drei Tagen.

Goethe heiratete Christiane erst am 19. Oktober 1806. In die Trauringe ließ er als Datum den 14. Oktober eingravieren – es war der Tag der Plünderung Weimars nach den von Preußen verlorenen Schlachten von Jena und Auerstedt. In Goethes Tagebuch heißt es: »Früh Kanonade bei Jena, darauf Schlacht bei Kötzschau. Deroute der Preußen. Abends um 5 Uhr flogen die Kanonenkugeln durch die Dächer. Um ½6 Einzug der Chasseurs. 7 Uhr Brand, Plünderung, schreckliche Nacht.«

Napoleons siegreiche Soldaten zogen durch die schutzlose Stadt, verschafften sich gewaltsam und willkürlich Zutritt zu den Häusern, bedrohten die Bewohner und nahmen mit, was sie tragen konnten. Kaum ein Haus blieb von Raub und Plünderung verschont, die Menschen waren froh, wenn sie ihr Leben retten konnten. Goethe verdankte sein Leben vermutlich der Geistesgegenwart und dem Mut Christianes, denn in jener Nacht waren zwei bewaffnete und betrunkene Soldaten ins Haus eingedrungen und – so der Bericht eines Zeitgenossen – »hätten ihn vielleicht umgebracht oder wenigstens verwundet, wenn die Vulpius sich nicht auf ihn geworfen und ihn teils dadurch, teils durch einige silberne Leuchter, die sie sogleich hergab, gerettet hätte«.

Einen Bericht von Goethe über jene Nacht gibt es nicht, ebensowenig von Christiane. Beschämung und Dankbarkeit müssen sich bei ihm die Waage gehalten und den Entschluß zur sofortigen Heirat herbeigeführt haben. Nicht nur die eigene Unversehrtheit verdankte er ihr, sondern auch die seiner Kunstsammlung und vor allem seiner Manuskripte – ein guter Grund, die »liebe Kleine«, den »Haus- und Küchenschatz« endlich nach achtzehn Jahren zur gesellschaftsfähigen Ehefrau zu machen, worum sie ihn übrigens, soweit man weiß, nie gebeten hatte. Christiane wußte sehr wohl, daß ihr offizieller Status als »Haushälterin« Goethes ihr eine Freiheit ermöglichte, die sie mit der Annahme seines Namens und als Frau Geheimrätin einbüßen würde: Bisher konnte sie uneingeschränkt ihren eigenen Freundeskreis pflegen, der überwiegend aus Theaterleuten bestand, einer sozialen Gruppe also, mit der ein Umgang in jenen Zeiten gesellschaftlich nicht sanktioniert war. Bislang durfte sie

Christiane Vulpius.
Kreidezeichnung von Friedrich Bury, 1800

ohne männliche Begleitung zu Tanzvergnügungen gehen, sie durfte – und konnte! – allein kutschieren und, bewaffnet mit zwei Pistolen, über Land fahren; sie durfte reden, was und wie sie wollte, und mußte ihr Temperament nicht in gemessene Bahnen lenken.

Das wurde nun von ihr erwartet, aber da sie ihre Gewohnheiten keineswegs radikal änderte, wurde sie von der sturen Weimarer Gesellschaft auch nach der Heirat nicht akzeptiert: Zwei Jahre dauerte es, bis im Dezember 1808 zum erstenmal die Weimarer Damen zum Tee zu ihr kamen. Was Charlotte von Stein damals formulierte, dürfte die allgemeine Ansicht widerspiegeln: »Angenehm ist es mir freilich nicht, in der Gesellschaft zu sein – indessen, da er (Goethe) das Kreatürchen sehr liebt, kann ich's ihm wohl einmal zu Gefallen tun.«

Bereits das Datum der Hochzeit war in Weimar übel vermerkt worden; wiederum Frau von Stein kolportierte, Goethe hätte sich noch »während der Plünderung ... mit seiner Mätresse öffentlich in der Kirche trauen lassen«; es hieß, die Kanonen von Jena wären sein Hochzeitsgeläut und die brennenden Häuser in Weimar die Hochzeitsfackeln gewesen. Sogar die von Goethes Verleger Cotta finanzierte »Allgemeine Zeitung« brachte eine süffisant formulierte Meldung: »Goethe ließ sich unter dem Kanonendonner der Schlacht mit seiner vieljährigen Haushälterin, Demoiselle Vulpius, trauen, und so zog sie allein einen Treffer, während viele tausend Nieten fielen.«

Nach der Trauung verlor Goethe keine Zeit: In einer Situation größter politischer Unsicherheit versuchte er, Stabilität im Inneren, im kleinen Kreis herzustellen. Besitz und Sicherheit waren die Schlüsselworte seiner Existenz,

Goethe.
Kreidezeichnung von Friedrich Bury, 1800

die er nun seiner Frau, die ihm beides jahrelang gewährt und im entscheidenden Moment bewahrt hatte, weitergeben wollte. Schon einen Tag nach der in Weimar als skandalös empfundenen Hochzeit führte Goethe seine Frau in die Gesellschaft ein – allerdings nicht in das Haus einer jener gehässigen adligen Damen, sondern, sehr überlegt, in den Salon der zugereisten Johanna Schopenhauer, die Goethe erst acht Tage zuvor kennengelernt hatte. Am 20. Oktober 1806, so schrieb sie ihrem Sohn Arthur, ließ sich Goethe abends bei ihr melden und stellte ihr ohne vorherige Ankündigung seine Frau vor: »Ich empfing sie, als ob ich nicht wüßte, wer sie vorher gewesen wäre. Ich denke, wenn Goethe ihr seinen Namen gibt, können wir ihr wohl eine Tasse Tee geben. Ich sah deutlich, wie mein Benehmen ihn freute. Es waren noch einige Damen bei mir, die erst formell und steif waren und hernach meinem Beispiel folgten. Goethe blieb fast zwei Stunden und war so gesprächig und freundlich, wie man ihn seit Jahren nicht gesehen hat. Er hat sie noch zu niemand als zu mir in Person geführt. Als Fremden und Großstädterin traute er mir zu, daß ich die Frau so nehmen werde, als sie genommen werden muß. Sie war in der Tat sehr verlegen, aber ich half ihr bald durch.«

Die ehemalige Arbeiterin in einer Kunstblumenfabrik war nun die »Frau Geheime Rätin von Goethe« und gehörte formell zu jener Gesellschaft, von der sie Goethe 1799 berichtet hatte, daß dort »beinahe kein vernünftiges Wort gesprochen wird und so gelogen wird, daß man erschrickt«. Es war nicht ihre Welt, und Goethe wird auch nie den Versuch machen, sie zu einer Hofdame dressieren zu wollen. Er ließ ihr weiterhin alle Freiheiten, die sie gewohnt war. Und er gewann, so paradox das klingen mag, mit der Eheschließung eine neue, eigene Freiheit von Christiane, die er als sein illegitimes Verhältnis nicht mehr beschützen mußte, sondern in Besitz und Sicherheit mit seiner Existenz verbunden hatte. Er war nun sechsundfünfzig Jahre alt, nach damaligen Maßstäben fast am Ende seines Lebens, und diese restliche Zeitspanne, die ihm noch blieb, wollte er seinem Ruhm und seinem Werk widmen – seinem Ruhm in der exklusiven Gesellschaft der Karlsbader Sommerurlaube, seinem Werk in den abgeschiedenen, einsamen Weimarer Wintermonaten.

24. Mai 1807. Jena
Montag früh um vier, also früher, als Du diesen Brief erhältst, fahren wir nach Karlsbad ab, und es ist mir denn doch lieb, daß wir von Jena wegkommen. Ich wußte wohl, daß ich nach allem Vergangenen einen Einstand geben mußte, und damit mag es denn auch gut sein ... Bleibe ja recht ruhig und vergnügt in Deinem friedlichen Tal mit all denen, die Dich besuchen mögen und können. Es sieht in der Welt sehr toll aus, daß man Gott zu danken hat, wenn man auf einem stillen Fleckchen lebt. Was das Haus und Hauswesen betrifft, verlasse ich mich auf Dich in jedem Falle und gehe ruhig weiter ...

29. Mai 1808. Karlsbad
Noch ist es sehr einsam hier. Außer den bekannten Karlsbader Einwohnern habe ich fast mit niemand gesprochen; dagegen bin ich viele Stunden des Tags unter freiem Himmel, teils mit Riemer, teils allein und lasse mir wohl sein. Da habe ich denn Zeit, allerlei zu überdenken, und da fehlt es nicht, daß ich mich Deiner und aller Liebe und Treue erinnere, die Du an mir tust, und mir das Leben so bequem machst, daß ich nach meiner Weise leben kann ...

15. Juni 1808. Karlsbad
Da ich mich diesmal so wohl in Karlsbad befinde und überhaupt mich hier sehr glücklich fühle, so freut es mich außerordentlich, daß Du auch etwas Ähnliches an Lauchstädt (1) hast. Genieße nur des Guten ungetrübt, indem Du Deiner Lebensweise treu bleibst und, wie es die Gelegenheit gibt, immer ein wenig vorwärts rückst, so wirst Du Dich trefflich befinden ...

(1) Beliebtes Bad bei Halle mit Aufführungen des Weimarer Hoftheaters in der Sommersaison

Fast das ganze Jahr 1809 verbrachte Goethe, nur gelegentlich besucht von seiner Frau, in Jena, um »Die Wahlverwandtschaften« zu schreiben. »In meinen Geschäften und Arbeiten hole ich das Versäumte nach und will mich einrichten, eine Zeitlang hierzubleiben, weil ich, ungeachtet mancher Unbequemlichkeit, doch hier eine Gemütsruhe habe, zu der ich in Weimar nicht kommen kann.« Auch 1810 war Goethe sechs Monate von Weimar abwesend, um an »Dichtung und Wahrheit« zu arbeiten. 1811 nahm er Christiane nach Karlsbad mit; 1812 reiste er bereits am 20. April ins Bad und ließ Christiane mit ihrer Freundin Caroline Ulrich im Juni nachkommen, um jedoch selbst nach Teplitz auszuweichen, wo er im folgenden Jahr 1813 vier Monate verbrachte. Am 19. August war er wieder in Weimar, feierte nachträglich mit seiner Frau die Silberhochzeit, reiste am 26. August nach Ilmenau und schickte ihr von dort noch am gleichen Tag zur Erinnerung an jenen 12. Juli 1788 dieses Gedicht:

Die

Wahlverwandtschaften.

Ein Roman

von

Goethe.

Erster Theil.

Tübingen,

in der J. G. Cottaischen Buchhandlung.

1809.

Ich ging im Felde
So für mich hin
Und nichts zu suchen
Das war mein Sinn

Da stand ein Blümchen
Sogleich so nah
Daß ich im Leben
Nichts lieber sah

Ich wollt es brechen
Da sagt es schleunig
Ich habe Wurzeln
Die sind gar heimlich

Im tiefen Boden
Bin ich gegründet
Drum sind die Blüten
So schön geründet

Ich kann nicht liebeln
Ich kann nicht schwanken
Magst mich nicht brechen
Mußt mich verpflanzen

Ich ging im Walde
So vor mich hin
Ich war so heiter
Wollt immer weiter
Das war mein Sinn

Gefunden
(Endgültige Fassung)

Ich ging im Walde
So für mich hin,
Und nichts zu suchen,
Das war mein Sinn.

Im Schatten sah ich
Ein Blümchen stehn,
Wie Sterne leuchtend,
Wie Äuglein schön.

Ich wollt es brechen,
Da sagt' es fein:
Soll ich zum Welken
Gebrochen sein?

Ich grub's mit allen
Den Würzlein aus,
Zum Garten trug ich's
Am hübschen Haus.

Und pflanzt' es wieder
Am stillen Ort;
Nun zweigt es immer
Und blüht so fort.

So anrührend dieses Gedicht auch erscheinen mag, so zeigt es doch mit seiner Erinnerung an die Vergangenheit, daß es keine gemeinsame Gegenwart mehr gab: Christiane hatte an Goethes innerem und äußerem Leben kaum noch Anteil. Nicht nur, daß er kaum noch Zeit mit ihr verbrachte, er beteiligte sie auch nicht mehr an seinen Arbeiten. Er ließ sie, wie noch bei den »Wahlverwandtschaften«, seine Manuskripte nicht mehr lesen, um ihr Urteil zu hören, und er las ihr auch, wie zuvor noch die ersten Kapitel seines Lebensberichtes »Dichtung und Wahrheit«, neu entstehende Werke nicht mehr vor. Ihre Zeit und Energie verwandte Christiane auf die Erhaltung des aufwendigen Hauswesens.

Noch immer herrschte Krieg gegen Napoleon, und immer wieder, auch im Herbst 1813, war Weimar von Einquartierungen wechselnder Truppen betroffen. Die Schlacht bei Leipzig brachte die Vorentscheidung, die Einnahme von Paris und die Verbannung Napoleons auf die Insel Elba Anfang Mai 1814 dann die Gewißheit, daß nun der Frieden gesichert war. In dieser Situation las Goethe die gerade erschienene Übersetzung des alten persischen Dichters Hafis, der, »während rund umher Reiche zusammenstürzten und Usurpatoren dauernd emporschossen, mit ungestörtem Frohsinn von Nachtigall und Rose, von Wein und Liebe« geschrieben hatte. In dessen Leben, Denken und Dichten fand Goethe so viele Anklänge an eigenes, daß er an eine Seelenverwandtschaft glaubte. Als abendländischer Hafis wollte er dessen östlichem »Divan« (orientalische Liedersammlung) einen »west-östlichen« an die Seite stellen. Bereits im Juni und Juli 1814 entstanden die ersten Gedichte.

Beglückt durch die neue Schaffenskraft und die Ruhe der politischen Umstände, verjüngt und wiedergeboren, wie er es mit fast fünfundsechzig Jahren nannte, trat Goethe Ende Juli 1814 zum erstenmal seit langer Zeit eine Reise in seine heimatlichen Gegenden an Main und Rhein an.

7. August 1814. Wiesbaden
Nun muß ich auch wieder einmal melden, wie mir es geht, welches gar nicht schlecht ist. Ich habe mein Quartier verändert und bewohne nun ein sehr angenehmes Zimmer, das des Morgens nicht von der Sonne leidet, nachmittags sehr wenig. Das Bad bekommt mir wohl, ob es gleich angreifischer sein mag als das Teplitzer; Zelter ist brav wie immer und vermittelt mich der Gesellschaft. Daß ich mich leidlich befinde, könnt Ihr daraus sehen, daß ich täglich an der Wirtstafel speise, die nie unter hundert Gästen ist und wo es weder an Hitze noch an Lärm, noch an Fliegen fehlt. Den 3. August waren wir eingeladen in Mainz. Der Geburtstag des Königs wurde sehr anständig gefeiert. Früh militärischer Gottesdienst unter freiem Himmel, auf einer Aue nah dem Rhein, dann große Mittagstafel in einem hohen, geräumigen Saale, gutes Essen und Trinken. Abends Feuerwerk, sodann Ball. Von allem diesem habe ich mein bescheiden Teil hingenommen. Das übrige hätte ich Euch gegönnt. Der frische Lachs schmeckt mir noch immer, obgleich die Hiesigen sagen: die Zeit sei vorbei. Der Anblick des Rheins und der Gegend umher ist freilich etwas einzig Schönes. Man würde die Bewohner dieses Bezirks beneiden, wenn sie nicht so unendlich ausgestanden hätten. Doch scheinen sie alle Not so ziemlich vergessen zu haben und verlustigen sich's aufs beste.

8. August 1814. Wiesbaden
... Schon vor einigen Tagen besuchte mich Willemer mit seiner kleinen Gefährtin ...

21. September 1814. Frankfurt
... fuhr sodann mit Madame Brentano und Städel zu Willemer. Der Tag war höchst schön, der Wirt munter, Marianne wohl ...

12. Oktober 1814. Frankfurt
Gestern abend fand ich Euren Brief. Ihr sagt mir in Eile, daß Ihr Euch sehr wohl befindet; das ist freilich besser, als wenn Ihr mit vielen Worten von einem schlechten Zustand Nachricht gäbet; doch hätte etwas mehr auch nicht geschadet. Heute besuchte ich Gerning, dann Frau Melber, Mittag speiste Herr von Buchholz mit uns. Nach Tische ging ich in eine Kupferstich-Auktion und kaufte für einen Kronentaler sehr schöne Sachen. Abend zu Frau Geheimrätin Willemer: denn dieser unser würdiger Freund ist nunmehr in forma *verheiratet. Sie ist so freundlich und gut wie vormals. Er war nicht zu Hause ...*

Am 27. Oktober 1814 war Goethe nach Weimar zurückgekehrt und hatte sich sofort wieder an die Arbeit gemacht: Er ordnete und ergänzte die an Christiane geschickten Tagebuch-Briefe, überdachte den geistigen Ertrag seiner Reise und setzte die Divan-Dichtungen fort. Am 9. Januar 1815 erlitt Christiane auf einer Ausfahrt in der Kutsche einen Schlaganfall, erholte sich jedoch rasch, wurde aber am 4. Februar erneut von einem Anfall niedergeworfen. Goethe fühlte sich von diesen Boten des Verfalls und der Zerstörung so sehr in seiner Kreativität gestört, daß er seine Frau nicht in Weimar bleiben und behandeln ließ, sondern sie nach Jena schickte.

4. März 1815. Weimar
... Mein größter Wunsch ist, daß Du Dich glücklich wieder herstellen mögest. Grüße alle Freunde und entschuldige mich, daß ich nicht schreibe; es gibt diesen Morgen gar zu viel zu tun. Alles Gute und Vergnügliche wünschend.

Christiane an Goethe
8. März 1815. Jena
Mit mir geht es alle Tage besser, und ich hoffe, recht bald wieder hergestellt zu sein. Stark (1) wird Dir schon geschrieben haben. Sonnabend war der Tag wie gewöhnlich, früh gefahren und dann den Nachmittag gegangen. Das Gehen wird mir doch nicht mehr so sauer wie am Anfang ... sollte es nicht möglich sein, daß Du auf einen oder ein paar Tage rüberkommen könntest? Du sollst Deine Stube und Dein Schlafzimmer ganz für Dich allein haben ...

Lebe wohl und behalte mich so lieb, als ich es schon von Dir überzeugt bin. Dein Dich ewig liebender Schatz C. v. Goethe.

(1) Christianes Arzt in Jena

8. März 1815. Weimar
Aus Deinem Brief habe ich mit Vergnügen gesehen, daß es gut geht, und wünsche nichts weiter als glückliche Folge. Grüße mir alle Freunde und entschuldige mich, wenn ich nicht schreibe. Mein Katarrh hat so überhandgenommen, daß mir selbst das Diktieren beschwerlich

wird, wodurch ich denn, wenigstens für den Augenblick, verhindert bin, Euch zu besuchen ... August steht mir in allen Dingen bei, Meyer und Riemer besuchen mich oft, auch wird viel geschrieben, und es geht in allem vorwärts. Auch sind die Kupfer und Zeichnungen unterdessen geordnet worden ... Grüße alle Freunde, gedenke meiner und laß mich mit jedem Botentag etwas von Dir wissen.

Christiane an Goethe
10. März 1815. Jena
Daß Du Dich nicht wohl befindest, hat mir viele Sorge gemacht; meine Sehnsucht, Dich wiederzusehen, ist groß, daß ich mir fest vorgenommen habe, Montag früh von hier abzureisen, um den Mittag einzutreffen. Auch, hoffe ich, wirst Du Dich gewiß über mich freuen, wie viel froher und heiterer ich jetzt bin, als ich war, da ich abreiste. Es wäre auch ein Wunder, wenn ich es nicht wäre, da die Menschen sich hier alle Mühe geben, meinen Aufenthalt so angenehm als möglich zu machen ... Es ist jetzt mein einziger Gedanke. Dich wiederzusehen und Dir zu sagen, wie lieb ich Dich habe. Und wie freue ich mich, wenn ich jeden Morgen, wie ich aufwache, Dir danken kann, wie meine Kräfte wieder zugenommen haben. Ich danke auch alle Morgen Gott dafür. Nun lebe wohl und denke mein.

11. März 1815. Weimar
Nichts könnte mir angenehmer zu hören sein, als daß Du Dich wohl befindest und Dich nach und nach erholst; aber eben deswegen wünsche ich, daß Du Dich einrichtest, noch einige Zeit drüben zu bleiben. Meinen Katarrh muß ich abwarten, dabei kann mir niemand helfen; aber wer gegenwärtig sein muß, dem wird gerade ein solches Übel lästig und langweilig. Ich führe mein Leben wie

immer durch, es geschieht alle Tage etwas. August macht seine Sachen ganz ordentlich, Meyer und Riemer kommen meistens die Abende.

Da Du nun drüben gute Unterhaltung hast und nach dem stürmischen Wetter der letzten Tage guter Zeit entgegensiehst, so sehe ich nicht ein, warum Du den Ort verändern willst ...

Da Christiane rasch wieder gesundete, konnte Goethe am 24. Mai 1815 mit gutem Gewissen seine Sommerreise antreten, die ihn wieder ins Rhein-Main-Gebiet führte. Seiner Frau hatte er eine Badekur in Karlsbad nahegelegt. Eigentlich hatte sich Goethe bereits Anfang April 1815 selbst bei dem Bankier Willemer und seiner jungen Frau Marianne eingeladen, denn in einem Brief über die häuslichen Zwischenfälle hieß es: »Werde ich denn wohl das alles, bei einem schönen Oberrader Sonnenuntergang, hinter mich werfen und vergessen?« Willemer verstand diesen Wink sofort und lud Goethe ein: »Erholen Sie sich doch bald von den Beschwerden des Winters zu Weimar an den Ufern des Mains. Sie könnten ja die Vor-Kur zu Oberrad einleiten und bei uns auf der Mühle wohnen. Platz ist genug da, und meine Frau und ich würden nie eine größere Freude empfunden haben wie die, Sie als Gastfreund bei uns zu sehen. Wenn Sie der Sonne müd sind und der Arbeit, singt sie Ihnen von Ihren Liedern vor ... Der Wink, wann Sie allein zu sein wünschen, entweder im Garten oder auf Ihren Zimmern, soll uns nie entgehen, denn wir wissen recht gut, daß die bessere Gesellschaft ein Mann wie Goethe sich selbst ist.«

Die Strecke von Weimar nach Wiesbaden war in 3½ Tagen bewältigt; in dieser Reisezeit entwarf Goethe achtzehn neue Divan-Gedichte.

31. Mai 1815. Wiesbaden
... Die Rosen blühen vollkommen, die Nachtigallen singen, wie man nur wünscht, und so ist es keine Kunst, sich nach Schiras *zu versetzen. Auch sind die neuen Glieder des ›Divans‹ reinlich eingeschaltet und ein frischer Adreßkalender der ganzen Versammlung geschrieben, die sich nunmehr auf hundert beläuft, die Beigänger und kleine Dienerschaft nicht gerechnet. Und so sind denn die Tage der Reise und des hiesigen Aufenthalts froh und nützlich zugebracht ...*

Goethes Briefe an Christiane waren längst zu Tagebuch-Notaten geworden, keine persönlichen Zeugnisse mehr, sondern absichtsvoll zur weiteren literarischen Bearbeitung geschriebene Rechenschaftsberichte über Begegnungen und Ereignisse, denen Goethe höchstens noch kurze private Sätze anfügte. Zwischen dem 11. und dem 30. August 1815 gibt es keinen Brief Goethes an Christiane. Er war zu Gast bei Willemers und hatte sich in Marianne verliebt. Er genoß die Tage und Wochen in ihrer Gegenwart; um so mehr fürchtete er den engen Kreis in Weimar, der ihn während des Winters wieder erwartete.

12. September 1815
Von Dir wieder ein Wort zu vernehmen, war mir sehr erfreulich. Wohl hat uns beide der Sommer übel behandelt, und darin hast Du vollkommen recht, daß man sich durch äußere Gegenstände von der Betrachtung seines inneren Zustandes zerstreuen müsse ... Deshalb mache Dir so viel Bewegung und Veränderung, als Du kannst in diesen schönen Tagen, und denke darauf, wie wir diesen Winter abwechselnd die Tage zubringen. Etwas Musik wäre sehr

wünschenswert, es ist das unschuldigste und angenehmste Bindemittel der Gesellschaft ...

Am 11. Oktober, nach einer Abwesenheit von fast fünf Monaten, traf Goethe wieder in Weimar ein und machte sich, abgesehen von der ständig und behutsam wachsenden Divan-Sammlung, sogleich an die Arbeit eines langen Aufsatzes über die in Süddeutschland besichtigten Sammlungen altdeutscher und niederländischer Künstler: »Ausgepackt und in Ordnung gebracht. Abends Riemer, Meyer« heißt es im Tagebuch.

Christiane sieht er beim Essen: »Mittags für uns.« Er zog sich zurück, schob seine Arbeit vor. Während sie in ihren Räumen Freunde zu Spieleabenden empfing, saß er in seinem Zimmer und schrieb oder las. Als er am 11. Mai wieder für Wochen nach Jena fuhr, begann sie mit dem Frühjahrsputz, der wegen der damit verbundenen Unruhe im Haus nur in Goethes Abwesenheit durchgeführt werden durfte. Anschließend wollte sie nach Karlsbad, aber dazu kam es nicht mehr. Nach zwei erneuten Schlaganfällen mußte Goethe aus Jena geholt werden, da seine Frau in Lebensgefahr schwebte. Vermutlich sah er sie am 30. Mai zum letzten Mal, danach konnte sie ihr Bett nicht mehr verlassen. Sie starb nach tagelangem, schwerem Todeskampf am 6. Juni 1816 und wurde zwei Tage später begraben. Goethe nahm weder an der Beerdigung noch an der offiziellen Trauerfeier teil.

Marianne von Willemer

Marianne von Willemer

1784–1860

Hundert Jahre bete das Feuer an; falle einen Augenblick hinein und du verbrennst.«

Diesen Satz des persischen Dichters Saadi notierte sich der fünfundsechzigjährige Goethe am 12. Dezember 1814 in sein Tagebuch. Es war ihm bewußt geworden, daß er sich in Marianne verliebt hatte, in die dreißigjährige Ehefrau eines alten Goetheschen Familienfreundes, zu dessen Bankhaus schon sein Vater Beziehungen gepflegt hatte. Auch Goethe selbst kannte den schriftstellerisch tätigen Bankier seit langem: Als Weimarer Theaterdirektor hatte er 1803 ein Lustspiel von ihm abgelehnt. So wenig er Willemer als Autor ernst nahm, so sehr schätzte er dessen Dienste als Bankier. Bereits 1788 hatte er mit ihm über ein Darlehen für einen Freund verhandelt; als 1808 Goethes Mutter starb, schickte er seine Frau Christiane zur Regelung des Nachlasses nach Frankfurt, wo sie in Willemers Haushalt freundlich aufgenommen wurde. Christiane war es, die Goethe damals von Willemers junger »Gefährtin« berichtet hatte, deren Verhältnis zu und mit dem vierzehn Jahre älteren Mann zum Frankfurter Stadtklatsch gehörte. Ihre Beziehung wies in der Tat alle Züge eines romantischen Märchens auf. Marianne, die uneheliche Tochter eines Linzer Instrumentenbauers und einer Wiener Schauspielerin, kam 1798 mit ihrer Mutter und einer Ballettgruppe nach Frankfurt, wo sie in Operetten und Singspielen auftrat, wie sie dies vermutlich schon seit ihrer Kindheit getan hatte. Das Publikum war entzückt von dem Mädchen, das im Frühjahr 1800 einen großen Erfolg in dem Ballett »Die Geburt des Harlekin« feierte. Zu den begeisterten Zuschauern zählte neben Goethes Mutter auch der Frankfurter Senator Johann Jakob Willemer, der überdies der Direktion des Theaters angehörte und in seiner freien Zeit selbst Stücke schrieb. Die Begabung, Anmut und Gewandtheit des Mädchens müssen ihn bewogen haben, es in sein Haus aufzunehmen: Der Mutter zahlte er zweitausend Gulden und eine lebenslange Rente, damit sie auf ihr Kind verzichtete und nach Linz zurückkehrte. Der zweifache Witwer Willemer ließ Marianne zusammen mit seinen eigenen Töchtern erziehen; Clemens Brentano gab ihr Gitarrenunterricht. Ihre Stimme wurde ausgebildet, sie erhielt Zeichen- und Klavierstunden, lernte Latein, Italienisch und Französisch und reiste schließlich mit Willemer nach Rom. Als Marianne am 4. August 1814 Goethe kennenlernte, lebte sie schon seit zwölf Jahren mit Willemer in dem gleichen eheähnlichen Verhältnis, wie Goethe es mit Christiane geführt hatte. Willemer war mit ihr eigens nach Wiesbaden gekommen, um Goethe nach Beendigung der Kur in sein Sommerhaus, die Gerbermühle bei Frankfurt, einzuladen. Goethe folgte der Einladung, traf Marianne am 18. September in kleiner Gesellschaft auf der Mühle und reiste dann nach Heidelberg, um sich die Sammlung altdeutscher und altniederländischer Gemälde anzusehen, die von den Brüdern Boisserée nach der Aufhebung der Klöster seit 1803 vor Verfall und Zerstörung bewahrt worden waren. Am 11. Oktober kehrte Goethe nach Frankfurt zurück und empfing die Nachricht, daß Willemer seine »kleine Gefährtin« am 27. September geheiratet hatte, ohne Ankündigung und Aufgebot.

Die Gerbermühle bei Frankfurt am Main

Frankfurt am Main von der Gerbermühle aus gesehen

Ob dieser plötzliche Entschluß etwas mit Goethes Besuch zu tun hatte, weiß man nicht; es existiert kein erklärendes Dokument. Am folgenden 12. Oktober machte Goethe der jungen Frau abends seine Aufwartung in Abwesenheit ihres Mannes; er besuchte das Ehepaar nochmals am 14. Oktober und feierte mit beiden am 18. Oktober den Jahrestag der Völkerschlacht bei Leipzig: Vom Turm der Mühle aus sah man weit im Land Tausende nächtlicher Freudenfeuer; Marianne hatte eine Karte dabei und bezeichnete darauf die Standorte der Feuer mit kleinen roten Farbtupfern. In dieser Situation der kontrollierten Intimität müssen sich Goethe und Marianne unausgesprochen ihrer Gefühle füreinander versichert haben, denn dieser Tag wird den Liebenden über Jahrzehnte ein Gedenktag bleiben, an den sie sich mit jeder Einzelheit erinnerten. Von jenem Abend ist dieser Zweizeiler datiert:

Ich besänftige mein Herz, mit süßer Hoffnung ihm schmeichelnd.
Eng ist das Leben fürwahr, aber die Hoffnung ist weit.

Am folgenden Tag, dem vorletzten seines Aufenthalts in Frankfurt, war Goethe nochmals zum Essen bei Willemers und verabschiedete sich am 20. Oktober: »Besuche. Marianne ... Abgefahren um 2 Uhr.«

Soweit die Vorgeschichte – von außen besehen eigentlich nichts Besonderes, ein kleiner Flirt, »Äugelchen«, wie Goethe es sonst nannte. Und doch war alles ganz anders. In Marianne von Willemer hatte Goethe eine Frau gefunden, die ihn, auch äußerlich, an die frühe

Christiane erinnerte, allerdings mit einem gravierenden Unterschied: Marianne war klug und gebildet, kein »Naturwesen« wie Christiane, sondern in ihren Begabungen gefördert und geformt. Schmerzhaft mußte Goethe nun bemerkt haben, was er alles an Christiane versäumt hatte. Im Gegensatz zu ihr war Marianne durchaus kein »Haus- und Küchenschatz«, sondern eine Frau, die dem Dichter auf gleichem geistigen Niveau begegnen konnte.

Das merkte er spätestens, als er sein Stammbuch zurückerhielt, das er bei Willemers zurückgelassen hatte, damit die Familie noch ihre Eintragungen machen konnte. Neben Willemers eigener und der Eintragung seiner drei Töchter las er im Dezember 1814 darin diese Verse Mariannes, die eine seiner Redensarten (»so lang wie breit«) liebevoll persiflierten:

Zu den Kleinen zähl' ich mich,
Liebe Kleine nennst du mich.
Willst du immer so mich heißen,
Werd' ich stets mich glücklich preisen,
Bleibe gern mein Leben lang

Lang wie breit und breit wie lang.

Als den Größten kennt man dich,
Als den Besten ehrt man dich,
Sieht man dich, muß man dich lieben,
Wärst du nur bei uns geblieben,
Ohne dich scheint uns die Zeit

Breit wie lang und lang wie breit.

Ins Gedächtnis prägt ich dich,
In dem Herzen trag' ich dich,
Nun möcht' ich der Gnade Gaben
Auch noch gern im Stammbuch haben,
Wär's auch nur den alten Sang:

Lang wie breit und breit wie lang.

Doch in Demut schweige ich,
Des Gedichts erbarme dich,
Geh, o Herr, nicht ins Gerichte
Mit dem ungereimten Wichte,
Find es aus Barmherzigkeit

Breit wie lang und lang wie breit.

Dazu empfing Goethe einen Brief Willemers:

12. Dezember 1814. Frankfurt
Als Sie von uns schieden, teurer, höchst verehrter Freund, äußerten Sie den Wunsch, ein Dutzend Flaschen 1811er mit sich zu nehmen. Ich mußte verstummen, denn was ich in der Art bescheiden vorgesetzt, war geliehenes Gut. Selbst lüstern nach dem Göttertrank, habe ich mich seitdem nicht fruchtlos bemüht, einer kleinen Portion echter Sorte habhaft zu werden, und bitte Sie, davon etwas anzunehmen. Das Kistel geht franco durch Fuhrmann in wenigen Tagen von hier ab. Der eigentliche Geber hierbei ist der Empfänger. Nehmen Sie, trefflicher Herr, aus Freundeshand mit großer Güte die kleine Gabe.

Meine Frau, die sich, so wie ich, Ihrer Gemahlin und dem klugen August empfiehlt, will, seitdem sie von Ihnen die Kleine genannt, durchaus nicht mehr wachsen, es wäre dann in Ihrem Herzen. Ich kann ihr nicht unrecht geben; denn wenn auch in der Philosophie vieles lang wie breit und breit wie lang ist, so ist es doch nicht einerlei, Ihrer Güte gewürdigt worden zu sein, Sie zu kennen *oder nicht zu kennen.*

Leben Sie wohl und lassen Ihrer Liebe mich und die Kleine stets empfohlen sein.

Ungeduldig erwartete Goethe die Sommerreise des nächsten Jahres. Zwei Monate früher als sonst, am 24. Mai 1815, brach er auf, und schon zwischen Weimar und Eisenach löste sich der zurückgehaltene Stau seiner Empfindungen in Poesie auf: An einem Tag schrieb er sechs Divan-Gedichte, findet für Marianne den Namen Suleika, den sie in seinen Versen tragen wird, und für sich den Namen Hatem – das »Buch Suleika« war damit eröffnet. Wiederum verbrachte er zunächst die Kurwochen in Wiesbaden und folgte dann der Einladung Willemers in die Gerbermühle, wo er am 12. August eintraf und bis zum 18. September blieb. Mit welchen Empfindungen und Erwartungen er dorthin ging, kann man dem Tagebuch von Sulpiz Boisserée entnehmen, dem jungen Heidelberger Bildersammler, der in jener Zeit sein wichtigster Vertrauter war. Boisserée war am 2. August zu ihm nach Wiesbaden gekommen und blieb dann bis zum 9. Oktober in seiner Nähe – in der Gerbermühle allerdings, wohin ihn Willemer ebenfalls eingeladen hatte, wollte Goethe ihn nicht als Logiergast haben: das gäbe »Wahlverwandtschaften. Die Verhältnisse änderten sich ja immer, wie ein Dritter oder Vierter hineintrete, das möge er nicht.« Goethe wollte keine störende Ablenkung und keine Zeugen. Über den Ablauf der Tagesereignisse, über Besuche und Gespräche

West=oestlicher

DIVAN.

von

GOETHE.

Stuttgard,
in der Cottaischen Buchhandlung
1819.

sind wir durch Boisserées und Goethes Tagebücher gut unterrichtet; was sich jedoch in jenen Wochen zwischen Goethe und Marianne entwickelte – ein erotisches Spiel zunächst, dann eine aller Gesellschaft entrückte tiefe Leidenschaft –, das läßt sich nur aus den Divan-Gedichten erahnen.

Goethe hatte ein Exemplar der Hafis-Dichtungen mitgebracht und schenkte es Marianne. Was er in manchen Liebesbeziehungen seiner Jugend erhofft und nie erlebt, wovon er sich als einem unerfüllten Traum längst verabschiedet hatte, das wurde ihm nun als späte Erfüllung geschenkt. Wie er las auch Marianne die Verse des persischen Dichters als Seelenspiegel. Und als Liebende hörte sie zu, wenn Goethe abends im kleinen Kreis seine eigenen, neu entstandenen Divan-Verse vortrug. Am 12. September las er dieses Gedicht:

Hatem.

Nicht Gelegenheit macht Diebe
Sie ist selbst der größte Dieb,
Denn sie stahl den Rest der Liebe
Die mir noch im Herzen blieb.

Dir hat sie ihn übergeben
Meines Lebens Vollgewinn,
Daß ich nun, verarmt, mein Leben
Nur von dir gewärtig bin.

Doch ich fühle schon Erbarmen
Im Carfunkel deines Blicks
Und erfreu' in deinen Armen
Mich erneuerten Geschicks.

d. 15. S. 1815.

Nicht Gelegenheit macht Diebe,
Sie ist selbst der größte Dieb,
Denn sie stahl den Rest der Liebe
Die mir noch im Herzen blieb.

Dir hat sie ihn übergeben,
Meines Lebens Vollgewinn,
Daß ich nun, verarmt, mein Leben
Nur von dir gewärtig bin.

Doch ich fühle schon Erbarmen
Im Karfunkel deines Blicks
Und erfreu' in deinen Armen
Mich erneuerten Geschicks.

Drei Tage später geschah das Unerwartete, für Goethe Einzigartige: Auf einem Spaziergang steckte ihm Marianne ihre Antwort zu:

Suleika

Hochbeglückt in deiner Liebe
Schelt ich nicht Gelegenheit,
Ward sie auch an dir zum Diebe
Wie mich solch ein Raub erfreut!

Und wozu denn ~~das~~ mich Berauben?
~~Warum läßt du dich berauben~~?
Gieb dich mir aus freyer Wahl,
Gar zu gerne möcht' ich glauben –
~~Daß dein Herz ich selber stahl~~.
Ja! ich bin's die dich bestahl.

Was so willig du gegeben
Bringt dir herrlichen Gewinn,
Meine Ruh, mein reiches Leben
Geb ich freudig, nimm es hin.

Scherze nicht! Nichts von Verarmen!
Macht uns nicht die Liebe reich?
Halt ich dich in meinen Armen
~~Welch ein~~ Jedem Glück ist meines gleich.

D. 16. S. 1815.

Hochbeglückt in deiner Liebe,
Schelt' ich nicht Gelegenheit;
Ward sie auch an dir zum Diebe,
Wie mich solch ein Raub erfreut!

Und wozu denn auch berauben?
Gib dich mir aus freier Wahl;
Gar zu gerne möcht' ich glauben –
Ja, ich bin's, die dich bestahl.

Was so willig du gegeben,
Bringt dir herrlichen Gewinn,
Meine Ruh', mein reiches Leben
Geb' ich freudig, nimm es hin!

Scherze nicht! Nichts von Verarmen!
Macht uns nicht die Liebe reich?
Halt' ich dich in meinen Armen,
Jedem Glück ist meines gleich.

Das war auf gleichem Niveau, mit gleichem liebesstarken Selbstbewußtsein geschrieben, in der Konsequenz sogar noch deutlicher als Goethes Gedicht. Die drohende Trennung, weil Goethe am 18. September abreisen mußte, um in Heidelberg seinen Herzog zu treffen, ließ Marianne jedes Wagnis eingehen. Sie setzte ihre Existenz aufs Spiel, um dieser Liebe Gelegenheiten zu geben, und fand auf dieser Gratwanderung zu einer Intensität, die Goethe zutiefst erschütterte. Er hatte sich eine solche Liebespartnerschaft einst von Frau von Stein versprochen, das war jedoch längst abgetan. Mit Christiane war daran nicht zu denken, und er dachte jetzt auch nicht mehr an sie; wochenlang blieb sie ohne Brief.

Die letzten Tage auf der Gerbermühle. Goethe schenkte Marianne ein Blatt des Ginkgo-Baumes als Sinnbild ihrer beider Verbundenheit: »Man weiß nicht, ob es eins, das sich in zwei teilt, oder zwei, die sich in eins verbinden.« Am Abend des 16. September sang Marianne vor den Gästen Goethes Ballade »Der Gott und die Bajadere« mit besonderem Ausdruck, und Boisserée wies Goethe vertraulich darauf hin, daß dieses Gedicht über ein leichtfertiges, durch die Liebe gerettetes Mädchen fast Mariannes eigene Geschichte erzähle. Aber Marianne bezog diese Ballade keineswegs auf Willemer, sondern auf Goethe, und sang sie wie eine heimliche Botschaft am folgenden Abend noch einmal, anschließend Mozarts Arie »Reich mir die Hand, mein Leben«. Goethe revanchierte sich nach dem Essen mit dem Vortrag seiner Liebesgedichte an Suleika, »und die kleine Frau schmückte sich«, heißt es in Boisserées Tagebuch, »mit ihrem Turban, einem orientalisch farbigen Schal, den Goethe ihr geschenkt …«

Vor der Abreise verabredete Marianne noch mit Goethe einen geheimen Briefwechsel in Chiffren: Aus der Hafis-Ausgabe, die Goethe ihr geschenkt hatte, konnte man Band-, Seiten- und Verszahl notieren, was kein Außenstehender verstand, nur der Empfänger der Chiffre konnte sich mit diesen Angaben aus Hafis' Gedichtzeilen eine Mitteilung zusammensetzen.

Am Montag, dem 18. September, dann die Abfahrt: Zuerst alle gemeinsam nach Frankfurt, dann Goethe allein mit Boisserée über Darmstadt nach Heidelberg. Auf dieser Fahrt öffnete Goethe dem jungen Freund sein Herz und gestand seine Liebe zu Marianne. In Heidelberg erwartete man den Herzog vergebens; heimlich bat der kluge Freund nun die Willemers zu Besuch. Auf der Fahrt schrieb Marianne dieses Gedicht:

Suleika

Was bedeutet die Bewegung?
Bringt der Ost mir frohe Kunde?
Seiner Schwingen frische Regung
Kühlt des Herzens tiefe Wunde

Kosend spielt er mit dem Staube
Jagt ihn auf in leichten Wölkchen,
Treibt zur sichern Rebenlaube
Der Insecten frohes Völkchen

Lindert sanft der Sonne Glühen,
Kühlt auch mir die heissen Wangen,
Küsst die Reben noch im Fliehen,
Die auf Feld und Hügel prangen.

Und mir bringt sein leises Flüstern
Von dem Freunde tausend Grüsse
Eh noch diese Hügel düstern
Grüssen mich wohl tausend Küsse.

Und so kannst du weiter ziehen!
Diene Freunden und Betrübten
Dort wo hohe Mauern glühen
Find ich bald den Vielgeliebten

Ach! die wahre Herzenskunde,
Liebeshauch, erfrischtes Leben
Wird mir nur aus seinem Munde,
Kann mir nur sein Athem geben.

23. S. 1815.

Was bedeutet die Bewegung?
Bringt der Ost mir frohe Kunde?
Seiner Schwingen frische Regung
Kühlt des Herzens tiefe Wunde.

Kosend spielt er mit dem Staube,
Jagt ihn auf in leichten Wölkchen,
Treibt zur sichern Rebenlaube
Der Insekten frohes Völkchen.

Lindert sanft der Sonne Glühen,
Kühlt auch mir die heißen Wangen,
Küßt die Reben noch im Fliehen,
Die auf Feld und Hügel prangen.

Und mir bringt sein leises Flüstern
Von dem Freunde tausend Grüße;
Eh' noch diese Hügel düstern,
Grüßen mich wohl tausend Küsse ...

Das unverhoffte Wiedersehen löste in Goethe zuerst Fassungslosigkeit, dann triumphalen Jubel aus:

Ist es möglich! Stern der Sterne,
Drück' ich wieder dich ans Herz!
Ach, was ist die Nacht der Ferne
Für ein Abgrund, für ein Schmerz!
Ja, du bist es! meiner Freuden
Süßer, lieber Widerpart;
Eingedenk vergangner Leiden,
Schaudr' ich vor der Gegenwart.

Als die Welt im tiefsten Grunde
Lag an Gottes ew'ger Brust,
Ordnet' er die erste Stunde
Mit erhabner Schöpfungslust,
Und er sprach das Wort: ›Es werde!‹
Da erklang ein schmerzlich Ach!
Als das All mit Machtgebärde
In die Wirklichkeiten brach.

Auf tat sich das Licht! So trennte
Scheu sich Finsternis von ihm,
Und sogleich die Elemente
Scheidend auseinander fliehn.
Rasch, in wilden, wüsten Träumen
Jedes nach der Weite rang,
Starr, in ungemeßnen Räumen,
Ohne Sehnsucht, ohne Klang.

Stumm war alles, still und öde,
Einsam Gott zum erstenmal!
Da erschuf er Morgenröte,
Die erbarmte sich der Qual;
Sie entwickelte dem Trüben
Ein erklingend Farbenspiel,

Und nun konnte wieder lieben
Was erst auseinander fiel.

Und mit eiligem Bestreben
Sucht sich, was sich angehört,
Und zu ungemeßnem Leben
Ist Gefühl und Blick gekehrt.
Sei's Ergreifen, sei es Raffen,
Wenn es nur sich faßt und hält!
Allah braucht nicht mehr zu schaffen,
Wir erschaffen seine Welt.

So, mit morgenroten Flügeln,
Riß es mich an deinen Mund,
Und die Nacht mit tausend Siegeln
Kräftigt sternenhell den Bund.
Beide sind wir auf der Erde
Musterhaft in Freud' und Qual,
Und ein zweites Wort: Es werde!
Trennt uns nicht zum zweitenmal.

Der anhaltende Ostwind sorgte für heiteres Wetter; es waren herrliche Abende im Vollmond, die Goethe und Marianne im Park des Heidelberger Schlosses verbrachten, und sie versprachen sich, künftig bei Vollmond aneinander zu denken, wobei Marianne offenbar wenig Sinn für die romantische Schönheit der Landschaft hatte, wenn wir Goethes Gedicht trauen dürfen:

Vollmondnacht.

Herrin, sag was heißt das Flüstern?
Was bewegt dir leis' die Lippen?
Lispelst immer vor dich hin,
Lieblicher als Weines Nippen!
Denkst du deinen Mundgeschwistern
Noch ein Pärchen herzuziehn?

Ich will küssen! Küssen! sagt' ich.

Schau! Im zweifelhaften Dunkel
Glühen blühend alle Zweige,
Nieder spielet Stern auf Stern;
Und smaragden, durch's Gesträuche
Tausendfältiger Karfunkel;
Doch dein Geist ist allem fern.

Ich will küssen! Küssen! sagt' ich.

Vollmondnacht

Herrin, sag', was heißt das Flüstern?
Was bewegt dir leis die Lippen?
Lispelst immer vor dich hin,
Lieblicher als Weines Nippen!
Denkst du deinen Mundgeschwistern
Noch ein Pärchen herzuziehn?

»Ich will küssen! Küssen! sagt' ich.«

Schau! Im zweifelhaften Dunkel
Glühen blühend alle Zweige,
Nieder spielet Stern auf Stern;
Und smaragden durchs Gesträuche
Tausendfältiger Karfunkel;
Doch dein Geist ist allem fern.

»Ich will küssen! Küssen! sagt' ich ...«

Marianne von Willemer.
Pastellbild von Johann Jakob de Loose

Willemer, dem die Liebe seiner jungen Frau zu Goethe nicht verborgen geblieben sein konnte, erwies sich wie schon auf der Gerbermühle auch in den wenigen Heidelberger Tagen als taktvoller und generöser Mann. Wir wissen nicht, was ihn dazu bewog, ob es einzig die Verehrung für den berühmten Mann war – Willemer hat zu allem geschwiegen. Das Glück der Liebenden, »was er uns so gern und edel gönnte« (Goethe an Marianne, 26. Juli 1819), erscheint in diesem Schweigen reiner von Mißgunst oder Eifersucht, als menschliche Schwäche vermuten läßt. Willemer hat es ertragen, nicht als Niederlage, nicht mit Koketterie. Dieser gewiß nicht unkomplizierte Mann, der drastischen Scherzen sonst nicht abgeneigt war, erscheint hier als gradliniger, ernsthafter Charakter, weil er nicht den Anspruch auf einen Sieg erhob, wo jeder Wettstreit durch Lächerlichkeit tötet. Er ist gegen den Mächtigeren stark geblieben, und keine laute Angst vor dem Verlust hat dieses Bild zerstört, obwohl alles auf diesen Verlust zulief. Ein verbindliches Wort Goethes an Marianne hätte in jenen Tagen des Glücks genügt.

Lieb' um Liebe, Stund' um Stunde,
Wort um Wort und Blick um Blick;
Kuß um Kuß vom treusten Munde,
Hauch um Hauch und Glück um Glück …

Da aber Herzog Karl August nun doch seine Ankunft avisiert hatte, nahte die Stunde des Abschieds, von dem freilich Goethe und Marianne nicht ahnten, daß es ein Abschied für immer sein würde. Am 25. September

1815 gingen sie ein letztes Mal, ohne Begleitung, durch den Park des Heidelberger Schlosses. Vom folgenden Tag stammen diese Strophen Goethes:

Deinem Blick mich zu bequemen,
Deinem Munde, deiner Brust,
Deine Stimme zu vernehmen,
War die letzt' und erste Lust.

Gestern, ach, war sie die letzte,
Dann verlosch mir Leucht' und Feuer,
Jeder Scherz, der mich ergetzte,
Wird nun schuldenschwer und teuer.

Eh' es Allah nicht gefällt,
Uns aufs neue zu vereinen,
Gibt mir Sonne, Mond und Welt
Nur Gelegenheit zum Weinen.

Kaum nach Frankfurt zurückgekehrt, schickte Marianne ihm eine Locke und einen chiffrierten Brief, der wie verabredet nur die Zahlen enthielt, die Seite und Verszeile in Hafis' Divan bezeichneten. Setzte der Empfänger diese originalen Zeilen zusammen, erhielt er eine persönliche Botschaft.

In diesem Fall lautete sie:

Ich und mein Herz, du weißt, wir bleiben getrennt vom Geliebten.
O wie lange noch raubt feindliches Los mir mein Glück!
Meine Wimpern, sie sollen den Fuß mit Tränen vergolden,
Welcher mir Kunde bringt, freundliche Kunde von dir.
Lange schon hab ich gebetet, du heb nun die Hände zum Beten.

O es kommt noch ein Tag, wo der Freund mit Wohlsein zurückkehrt,
Froher seliger Tag! Kommt er mit Wohlsein zurück!
Die Heilung meines Herzens
Sei deinen Lippen heimgestellt.

Was kann der Ostwind von der Qual
Des armen Herzens sagen?

O komm, es sehnet sich nach dir das Hoffnungsauge.

Die Stadt verließ seit einer Woche
Mein Mond, mir scheint's ein Jahr,
Du kennest nicht der Trennung Leiden,
Wie schwer sie sind.

Viel sind unsere Nöten, jedoch wir sparen der Bitten.

Meiner Freundin Gemüt ist der weltenzeigende Spiegel,
Ach, sie hat des Berichts, daß, was dir not ist, nicht not.

Wer, Hafis, hat so besondre
Zauberworte dich gelehret?
Statt des Amulettes hat die
Freundin dein Gedicht ergriffen.

Ach! ich weiß wohl, daß Geduld
Deiner Trennung Schmerzen lindert,
Aber zur Geduld ist mir
Keine Kraft zurückgeblieben.

Ein Wörtlein hörte ich, das Jakob einst gesagt,
Der Schmerz der Trennung von dem Freund wird nicht gesagt.
So weit bin ich von dir entfernt,
O möchte niemand sich von dir entfernen!

Doch des Genusses Hoffnung ist
Sehr nahe mir gelegen.

Du so ferne dem Blick, und meinem Herzen so nahe,
Täglich will ich Gebete dir schicken.
Daß von dem Heere des Grams des Herzens Ruh nicht zerstört werd,
Will ich die Seele als Herold dir schicken.

Goethe, der diesen Brief am 1. Oktober erhielt, war inzwischen wieder von seinem Herzog in Beschlag genommen worden; er mußte nach Mannheim, wo die herzogliche Mätresse hofhielt, dann sollte er mit einem Auftrag nach Karlsruhe und anschließend um den 18. Oktober mit Karl August wieder in Frankfurt zusammentreffen. Auf der Fahrt nach Karlsruhe erzählte Goethe seinem jungen Begleiter Boisserée alte Frankfurter Erinnerungen: »Wie oft er den Pfad durch die Gerbermühle gegangen nach Offenbach zur (Lili) Schönemann ... Vor vierzig Jahren reiste er auch nach Karlsruhe ...« Und vierzig Jahre war es her, auf den Monat genau, daß der Herzog ihm eine Kutsche nach Weimar geschickt hatte. Goethe gab viel auf solche Symbolik. Auf der Rückfahrt nach Heidelberg kam Goethe in eine seltsame Stimmung, sprach, ohne Namen zu nennen, von Personen, die ihm Unglück bringen, dann von seinem Roman »Die Wahlverwandtschaften« und wie rasch und unaufhaltsam er in diesem Buch die Katastrophe herbeigeführt hatte. Goethe wurde, wie Boisserée notierte, »zuletzt fast rätselhaft ahnungsvoll in seinen Reden«. Die schlechte Vorahnung trog nicht: In Heidelberg erwartete ihn ein Brief der herzoglichen Mätresse, jener ebenso intriganten wie einflußreichen

Karoline Jagemann, die sich nun Frau von Heygendorf nennen durfte – sie drängte ihn, nach Mannheim zu kommen, um an ihrer Unterhaltung mitzuwirken. Von ihr wollte sich Goethe nichts befehlen lassen, fürchtete andrerseits die Ungnade des Herzogs, wenn er in Heidelberg blieb oder, wie er insgeheim vielleicht geplant hatte, früher nach Frankfurt zu Marianne reiste.

In dieser Konfliktsituation entschloß sich Goethe zur sofortigen Flucht – zurück nach Weimar, nicht über Frankfurt, sondern über Würzburg: »Im Wagen erholt sich der Alte allmählich. Die Sicherheit, nicht mehr vom Herzog oder der Jagemann erreicht zu werden, beruhigt ihn sichtbar ...« (Boisserée). Marianne erfuhr von der überstürzten Abreise am 9. Oktober; ihre Antwort war dieses Gedicht an den Westwind, der Regen bringend am 6. Oktober eingesetzt hatte:

Suleika.

Ach! um deine feuchten Schwingen
West, wie sehr ich dich beneide:
Denn du kannst ihm Kunde bringen
Was ich in der Trennung leide.

Die Bewegung deiner Flügel
Weckt im Busen stilles Sehnen,
Blumen, Augen, Wald und Hügel
Stehn bey deinem Hauch in Thränen.

Doch dein mildes sanftes Wehen
Kühlt die wunden Augenlieder;
Ach für Leid müßt ich vergehen
Hofft ich nicht zu sehn ihn wieder.

Eile denn zu meinem Lieben,
Spreche sanft zu seinem Herzen;
Doch vermeid ihn zu betrüben,
Und verbirg ihm meine Schmerzen.

Sag ihm aber, sag's bescheiden:
Seine Liebe sey mein Leben
Freudiges Gefühl von beyden
Wird mir seine Nähe geben.

26. I. 1875.

Ach, um deine feuchten Schwingen,
West, wie sehr ich dich beneide:
Denn du kannst ihm Kunde bringen,
Was ich in der Trennung leide.

Die Bewegung deiner Flügel
Weckt im Busen stilles Sehnen;
Blumen, Augen, Wald und Hügel
Stehn bei deinem Hauch in Tränen.

Doch dein mildes sanftes Wehen
Kühlt die wunden Augenlider;
Ach, für Leid müßt' ich vergehen,
Hofft' ich nicht zu sehn ihn wieder.

Eile denn zu meinem Lieben,
Spreche sanft zu seinem Herzen;
Doch vermeid' ihn zu betrüben
Und verbirg ihm meine Schmerzen.

Sag' ihm aber, sag's bescheiden:
Seine Liebe sei mein Leben,
Freudiges Gefühl von beiden
Wird mir seine Nähe geben.

Am 11. Oktober war Goethe wieder in Weimar; erst vierzehn Tage später schickte Goethe einen chiffrierten Brief an Marianne, der auf ein großes Hafis-Gedicht verwies:

Der Nachen der Geduld fiel auf dem Meer der Leiden
In einen Wirbel mit dem Segeltuch der Trennung.
Noch wenig fehlt, so wird des Lebens Schiff versinken.
In Sehnsuchtsflutenschwall im weiten Meer der Trennung.
Der Himmel sah den Kopf im Reif der Lieb' gefangen,
Er knüpft um meinen Hals den harten Strick der Trennung.
Wer brachte denn zuerst die Trennung auf die Erde?
Auf immer bleibe schwarz das Haus der Flucht, der Trennung!
Trüg' uns zu unserm Zweck der Fuß der Sehnsucht,
Wer gäb in die Hand der Flucht den Zaum der Trennung.
Der Feder Zunge spricht nicht aus dem Schmerz der Trennung,
Sonst hätt' ich dir erklärt die Sagen von der Trennung.
Ich ziehe voll Geduld mit ihres Bildes Heeren,
Ich wandle auf der Glut der Flucht, im Schmerz der Trennung,
Des Lebens Zeit verfloß in Hoffnung des Genusses,
O Weh! und noch nicht ist zu End' die Zeit der Trennung …

Und dann, nach einem Brief an Willemer im Dezember, nur noch Schweigen von Goethes Seite, drei Monate lang. Zweimal versuchte Marianne es noch mit Chiffrenbriefchen, zunächst Ende Dezember 1815:

Eine Weile ging ich herum auf der Flur, in dem Garten,
Dachte der Rose viel, dachte der Nachtigall nach.
Rosen lieben die Dornen, und Nachtigallen die Liebe,
Jene wechseln nicht, und diese verändern sich nicht.

Als der Nachtigall Laut begann auf die Seele zu wirken,
Blieb mir weder Kraft, Mut, noch Vermögen zurück,
Freilich blühen der Rosen gar viel im Garten der Erde,
Aber wer sie pflückt, fühlet die Schmerzen des Dorns.

Dein will ich, so sprachst du zu mir, auf immer gedenken,
Heitere auf das Herz, mach' zur Geduld dich bereit
Wisse, Geduld ist die erste Tugend liebender Herzen,
Nur ein Tropfen Glut, tausend Gedanken dafür.

Die Braut der Rose kehrt zum Fest
Des Rosenbeets zurück,
Wo ist die Nachtigall, daß sie
Erhebe die Gesänge!
Klag' über die Trennung nicht, mein Herz:
Es wechselt auf der Erde
Bald Gram, bald Lust, bald Ros', bald Dorn
Hinauf und jetzt hinunter.

Der nächste Brief war wohl auch der letzte dieser Art:

Lange hat mir der Freund schon keine Botschaft gesendet,
Lange hat er mir Brief, Wort und Gruß nicht gesandt.

Beglückt der Kranke, welcher stets
Von seinem Freunde Kunde hat.

Auch diese fast schon verzweifelte Nachricht mit ihrem Hinweis, daß Marianne vor Kummer und Liebe krank sei, blieb ohne Antwort. Goethe arbeitete unterdessen an seiner vor allem durch Boisserées Bildersammlung angeregten Schrift »Über Kunst und Altertum in den Rhein- und Maingegenden« und bereitete seinen »West-östlichen Divan« zum Druck vor. Obwohl das Buch dann erst, umgearbeitet und erweitert, 1819 erschien, veröffentlichte Goethe am 24. Februar 1816 im »Morgenblatt für gebildete Stände« eine Ankündigung des Werks, die seine einzelnen Teile charakterisierte:

Das Buch der Liebe, heiße Leidenschaft zu einem verborgenen unbekannten Gegenstand ausdrückend. Manche dieser Gedichte verleugnen die Sinnlichkeit nicht, manche aber können nach orientalischer Weise auch geistig gedeutet werden ... Das Buch Suleika, leidenschaftliche Gedichte enthaltend, unterscheidet sich vom Buch der Liebe dadurch, daß die Geliebte genannt ist, daß sie mit einem entschiedenen Charakter erscheint, ja persönlich als Dichterin auftritt und in froher Jugend mit dem Dichter, der sein Alter nicht verleugnet, an glühender Leidenschaft zu wetteifern scheint. Die Gegend, worin dieses Duodrama spielt, ist ganz persisch. Auch hier dringt sich manchmal eine geistige Bedeutung auf, und der Schleier irdischer Liebe scheint höhere Verhältnisse zu verhüllen.

Das nächste uns erhaltene Zeugnis ist ein Gedicht für Marianne vom 13. März, darauf fehlen uns offenbar einige Briefe, in denen Goethe ein baldiges Wiedersehen angekündigt haben muß, denn aus dem Brief eines Freundes Willemers wissen wir, daß man ihn seit Ende April in der Gerbermühle erwartete. Zu diesem Zeitpunkt machte er noch die Schrift »Über Kunst und Altertum« druckfertig und wollte danach abreisen, als seine Frau Christiane im Mai zwei Schlaganfälle erlitt und am

6. Juni 1816 starb. Durch seinen Sohn August ließ Goethe an seine Freunde diese Trauermitteilung verschicken:

Wenn ich Ihnen, verehrte Freunde, das Absterben meiner lieben Mutter vermelde, so ist es schon hinreichend, Ihnen den Zustand zu vergegenwärtigen, in welchem wir uns befinden. Mein Vater sucht durch fortgesetzte Tätigkeit sich aufrecht zu erhalten, und mich belebt der Gedanke, in häuslichen und geselligen Verhältnissen ihm nützlich und angenehm zu sein. Schenken Sie uns fortgesetzt Ihre Teilnahme, welche wohltätiger sein wird als je.

Jakob Willemer antwortete darauf mit einer erneuten Einladung: »Bereden Sie den Vater, sich bald zu zerstreuen, und führen ihn zu seinen Freunden in Frankfurt.« Tatsächlich machte sich Goethe einen Monat später, am 20. Juli 1816 früh um 7 Uhr in Begleitung des alten Freundes Meyer auf den Weg; was dann geschah, berichtete Goethe in knappen Worten an Willemer: »Um 9 Uhr warf der Fuhrknecht höchst ungeschickt den Wagen um, die Achse brach, mein Begleiter wurde an der Stirn verletzt, ich blieb unversehrt. Hierbei blieb nichts übrig, als nach Weimar zurückzukehren, wo wir denn auch gegen 1 Uhr wieder anlangten. Die Störung des Vorhabens und die Verwundung des Freundes machen es ungewiß, ja unwahrscheinlich, daß ich die Reise von neuem antreten werde. Nur soviel habe ich Ihnen eiligst melden wollen. Wie höchst verdrießlich mir dieser Vorfall sei, bedarf keiner Beteuerung.«

Meyers Verletzung war nur geringfügig, die Reise hätte also nach wenigen Tagen wieder angetreten werden können, doch Goethe nahm abergläubisch den Unfall als ein vorausdeutendes Omen: Es sollte nicht sein, es durfte keine erneute Begegnung mit Marianne geben. Vielleicht fürchtete er den Skandal, wenn er, im August 1816 nun siebenundsechzigjährig, mit einer zweiunddreißigjährigen Frau nach Weimar zurückgekehrt wäre – denn dies hätte nach allem, was wir über diese Liebe wissen, die einzige Konsequenz sein können. Es ist müßig, über seine Motive zu spekulieren; Goethe zog es jedenfalls vor, die Einzigartigkeit dieser Begegnung und dieses Erlebnisses in den ausgetauschten Briefen und Gedichten zu bewahren und sie nicht den Belastungen der Realität auszusetzen.

So blieben also, Jahr für Jahr, nur Willemers Einladungen und Goethes Absagen. Nach langem, verletzendem Schweigen schickte Goethe im November 1818 die Druckbögen des »Divan« nach Frankfurt.

Marianne an Goethe
Dezember 1818
Ihr freundlicher Brief und die ihn begleitenden Blätter haben mich wieder ganz in jene Zeit versetzt, in der ich so glücklich, ja ich darf wohl sagen, jugendlich-heiter war. Wenn ich mir jetzt jenen Zustand vergegenwärtige, so möchte ich wohl nicht mit Unrecht mich mit einem Baum vergleichen, dem ein schöner Herbst neue Blüten entlockt; die alles belebende Sonne schmückte mich noch einmal mit dem Kranze der Jugend, es war mein letztes Glück! – Der Ernst tritt in mein Leben wie ein kalter Winter, und die Blüte fällt.

Den Sommer 1819 verbrachte Marianne allein zur Kur in Baden-Baden und schrieb von dort an Goethe; seine

Antwort war der erste Brief nach langer Zeit und der erste unverschlüsselte Brief allein an sie.

26. Juli 1819. Weimar
Nein, allerliebste Marianne, ein Wort von mir sollst Du in Baden nicht vermissen, da Du Deine lieben Lippen wieder walten läßt und ein unerfreuliches Stillschweigen brechen magst ...

Nun da Du sagst, und so lieblich, daß Du mein gedenkst und gern gedenken magst: so höre doppelt und dreifach die Versicherung, daß ich jedes Deiner Gefühle herzlich und unablässig erwidre. Möge Dich dies zur guten Stunde treffen und Dich zu einem recht langen Kommentar über diesen kurzen Text veranlassen. Wäre ich Hudhud (1), ich liefe Dir nicht über den Weg, sondern schnurstracks auf Dich zu. Nicht als Boten, um meiner selbst willen müßtest Du mich freundlich aufnehmen ...

(1) Hudhud, der Wiedehopf, war bei Hafis der Liebesbote

Im Oktober 1819 hielt Marianne endlich ein druckfrisches Exemplar des »West-östlichen Divan« in Händen und sah zum erstenmal, daß ihre eigenen Suleika-Gedichte gleichberechtigt darin aufgenommen waren.

Marianne an Goethe
Oktober 1819. Frankfurt
... Ich habe den Divan wieder und immer wieder gelesen; ich kann das Gefühl weder beschreiben noch auch mir selbst erklären, das mich bei jedem verwandten Ton (ergriff); wenn Ihnen mein Wesen und mein Inneres so klar geworden ist, als ich hoffe und wünsche, ja sogar gewiß

sein darf, denn mein Herz lag offen vor Ihren Blicken, so bedarf es keiner weitern ohnehin höchst mangelhaften Beschreibung. Sie fühlen und wissen genau, was in mir vorging, ich war mir selbst ein Rätsel; zugleich demütig und stolz, beschämt und entzückt, schien mir alles wie ein beseligender Traum, in dem man sein Bild verschönert, ja veredelt wiedererkennt, und sich alles gerne gefallen läßt, was man in diesem erhöhten Zustande Liebens- und Lobenswertes spricht und tut; ja sogar die unverkennbare Mitwirkung eines mächtigen höheren Wesens, insofern sie uns Vorzüge beilegt, die wir vielleicht gar nicht besitzen, und andere entdeckt, die wir nicht zu besitzen glaubten, ist in seiner Ursache so beglückend, daß man nichts tun kann, als es für eine Gabe des Himmels anzunehmen, wenn das Leben solche Silberblicke hat.

Haben Sie Nachsicht mit mir und meinen verworrenen Begriffen, das größte Glück ist immer am unbegreiflichsten ...

Mit dem Erscheinen des »Divan« trat der schriftliche Austausch zwischen Marianne und Goethe in ruhige und regelmäßige Bahnen. Sie wußte nun, daß ihre Liebe nicht verloren war, sie besaß dieses Buch als sicheres Zeugnis, nicht getäuscht worden zu sein. Die Sehnsucht jedoch, die Goethes Liebe in ihr hinterlassen hatte, konnte es nicht stillen. Kein Frühling verging ohne die bittende Frage nach einem Wiedersehen. Er hat es ihr und sich verweigert. Nur widerstrebend und oft sich selbst zur Last mußte sie mit dieser stets enttäuschten Hoffnung leben. Um so mehr hingen ihre Gedanken an den Tagen des einstigen Glücks: »Die Vergangenheit gab mir viel! Zu viel! Es wäre ungerecht, wenn ich von der Zukunft noch etwas erwarten wollte.«

Ein Jahr vor seinem Tod begann Goethe mit der Sammlung und Sichtung seiner Lebensdokumente, verpackte und versiegelte Mariannes Briefe und Gedichte und schickte sie ihr zurück mit der Bitte, sie »bis zu bestimmter Stunde« ungeöffnet zu lassen. »Dergleichen Blätter geben uns das frohe Gefühl, daß wir gelebt haben; dies sind die schönsten Dokumente, auf denen man ruhen darf.«

In derselben Stunde, als man ihr seinen Tod meldete, brach Marianne das Siegel und fand obenauf Goethes letztes Gedicht für sie.

Vor die Augen meiner Lieben,
Zu den Fingern, die's geschrieben,
Einst, mit heißestem Verlangen
So erwartet, wie empfangen –
Zu der Brust, der sie entquollen,
Diese Blätter wandern sollen;
Immer liebevoll bereit,
Zeugen allerschönster Zeit.

Ulrike von Levetzow

Ulrike von Levetzow

1804–1899

Als Goethe ihr im Sommer 1821 in Marienbad begegnete, kam sie gerade aus dem Internat und war siebzehn Jahre alt; er feierte im August seinen 72. Geburtstag. Ihren Großvater, den brandenburgischen Gutsbesitzer Freiherr von Brösigke, hatte er bereits zu Anfang des Jahrhunderts in Karlsbad kennengelernt; ihrer Mutter Amalie war er 1810 schon einmal in Teplitz begegnet, deshalb erneuerte sich die Bekanntschaft zwanglos. Herr von Brösigke hatte in dem noch jungen Kurort Marienbad ein großes Haus mit Terrasse erworben und zu einem komfortablen Hotel umgebaut. Als Verwalter fungierte ein verarmter Graf Klebelsberg, den Amalie schließlich 1843 in dritter Ehe heiratete. Im Sommer 1821 war die zweifache Witwe mit ihren drei Töchtern zu Besuch bei ihren Eltern Brösigke, denen der prominente Kurgast Goethe in ihrem neuen Hotel höchst willkommen war. Er bekam nicht nur die besten Zimmer, sondern durfte zum Essen auch »am Familientische«, wie es im Tagebuch jenes Sommers heißt, Platz nehmen – er saß also regelmäßig mit Frau von Levetzow und ihren Töchtern zusammen. Und dies nicht nur bei den Mahlzeiten, denn wegen des regnerischen Wetters, das Ausflüge und naturkundliche Exkursionen unmöglich machte, war man auf die häusliche Geselligkeit angewiesen und verbrachte die Zeit mit Konversation und Spielen. Noch hielt sich alles im Rahmen der gesellschaftlichen Konvention.

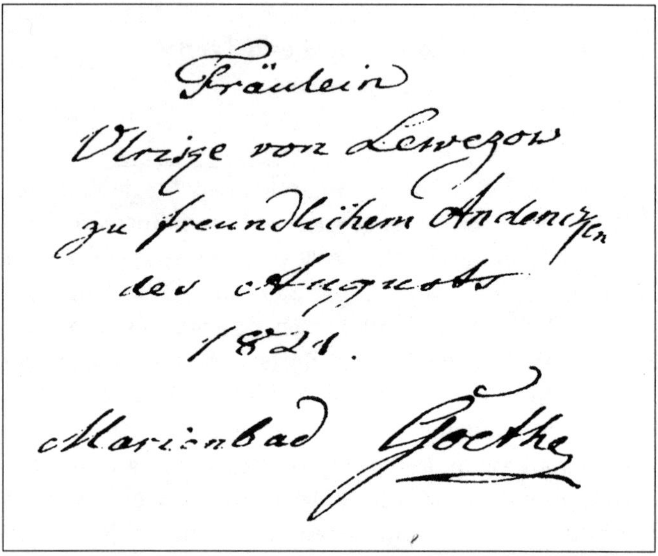
Fräulein
Ulrike von Levezow
zu freundlichem Andenken
des Augusts
1821.
Marienbad Goethe

Im nächsten Jahr, 1822, reiste er früher nach Marienbad und traf dort wieder die Mutter Amalie mit ihren drei Töchtern. Dank des guten Wetters konnte Goethe tagsüber seinen mineralogischen Studien nachgehen, wozu Ulrike wenig Neigung verspürte. Die Abende verbrachte er meist, wie schon im Jahr zuvor, in Gesellschaft der Familie. Seinem Freund Zelter gab er eine gutgelaunte Bilanz: »Herrliches Quartier, freundliche Wirte, gute Gesellschaft, hübsche Mädchen, musikalische Liebhaber, angenehme Abend-Unterhaltung, köstliches Essen, neue bedeutende Bekanntschaften, alte wiedergefundne, leichte Atmosphäre ...« Der Kontakt wurde enger und intensiver; Goethe gab sich als väterlicher Freund und nannte sie »mein liebes Töchterchen«, aber insgeheim fühlte er, daß er dabei war, sich in Ulrike zu verlieben. Nach dem Abschied am 24. Juli schrieb er ein Gedicht, in dem es heißt:

Mir bleibt der einzige Genuß,
Dein holdes Bild mir ewig zu erneuern.
Und fühltest du den Wunsch nach diesem Segen,
Du kämest mir auf halbem Weg entgegen.

Im darauffolgenden Frühjahr brachte eine Herzbeutelentzündung Goethe an den Rand des Todes; wochenlang mußte man um seine Genesung bangen. Freunde und Ärzte rieten ihm dringend zur Kur, und die kommenden Ereignisse sind vielleicht nur verständlich vor dem Hintergrund, daß ihm das Leben noch einmal geschenkt war.

Am 2. Juli 1823 traf er in Marienbad ein; da er in Begleitung seines Herzogs Karl August reiste, hatte Goethe ihm die besseren Zimmer bei Brösigke überlassen und wohnte selbst in der gegenüberliegenden »Goldenen Traube«.

Aus Goethes Tagebuch

11. Juli:	Abends an den Brunnen. War Frau von Levetzow und Töchter angekommen. Abends bei der Gesellschaft.
12. Juli:	Abends auf der Terrasse
14. Juli:	Auf die Terrasse, die zum Kaffee abfahrenden Damen zu begrüßen.
15. Juli:	Abends auf der Terrasse
16. Juli:	Bei Serenissimo und der Familie auf der Terrasse

17. Juli: Abends Ball bei Serenissimo im Klebelsbergischen Hotel. Blieb man bis 12 Uhr.
18. Juli: Frau von Levetzow erzählte die Abenteuer vor und nach der Leipziger Schlacht.
19. Juli: Abends zu Brösigkens.
20. Juli: Gegen 7 Uhr zum Ball. Nach Hause gegen 10 Uhr.
22. Juli: Blieb mit der Gesellschaft einige Zeit auf der Terrasse.
25. Juli: Abends bei der Gesellschaft kleine Spiele.
27. Juli: Abends auf dem Ball. Um 10 Uhr nach Hause. Einige Gedichte.
28. Juli: Abends kleine Spiele und Tanz.
29. Juli: Abends bei der Gesellschaft.
30. Juli: Abends auf dem Ball.
1. August: Mit den Schwestern spazieren gegen die Mühle.
2. August: Nach Tische auf der Terrasse. Abends zu und von der Komödie.
3. August: Nach Tische auf die Terrasse. Zum Thé dansant.

An seine Schwiegertochter Ottilie schrieb Goethe am 4. August:
... Ich gelangte erst um Mitternacht nach Hause, woraus Du erraten wirst, daß außer Tanz, Tee, Abendessen und Champagner, wovon ich nichts mitgenoß, sich noch ein Fünftes müsse eingemischt haben, welches auf mich seine Wirkung nicht verfehlte ... Ich habe nicht Lust, zunächst von hier wegzugehen; schöne Wohnung, die beste Nachbarschaft und seit einiger Zeit das herrlichste Wetter. Von meinem Befinden will ich nichts sagen; aus Vorstehendem erhellt, daß meine Gebrechen mich wenigstens nicht

hindern, vergnügt, ja beinahe glücklich zu sein. Grüße Ulriken (1), deren Name sich als vorzüglichstes Ingredienz dieser Zustände sich täglich beweist ...

(1) Gemeint ist die Namensvetterin Ulrike von Pogwisch, Ottiliens Schwester, die als Gast in Goethes Haus lebte.

Mit dieser Mitteilung war Goethes Geheimnis bis nach Weimar gedrungen, wo man etwas Ähnliches schon befürchtet hatte, seit Goethe an seinen Sohn am 25. Juli geschrieben hatte, man müsse nur in dem mitgeschickten Tagebuch »den Worten Terrasse, Familie, Gesellschaft den rechten Sinn« geben, um an seinem Geheimnis teilzuhaben. In Marienbad war es längst ein öffentliches Geheimnis, seit Goethe Hand in Hand mit Ulrike über die Promenade spazierte und die Abende ausschließlich in ihrer Gesellschaft verbrachte. Wer ihm vorgestellt werden wollte, mußte sich um Ulrikes Vermittlung bemühen. Daß Goethe am 4. August sich seiner Schwiegertochter offenbarte, bedeutete, daß er einen Entschluß gefaßt hatte: Er wollte Ulrike heiraten.

Mit seinem herzoglichen Freund besprach er am 7. August, ob er sich mit ihr abends spontan, »aus dem Stegreife«, verloben sollte – ausgerechnet an diesem Abend stellte ein Gast der anwesenden Gesellschaft seine Braut vor: »Schlimme Nacht« (Tagebuch). Nun nahm am folgenden Tag, unmittelbar vor seiner Abreise, der Herzog sich der Sache an: Er ging zu Frau von Levetzow und hielt für Goethe um Ulrikes Hand an. Man glaubte zunächst an einen Scherz, aber der Herzog versicherte, daß es Goethe ernst meinte, und versprach der Mutter ein Haus in Weimar, der Tochter eine herausragende Position bei Hofe sowie nach Goethes Ableben eine jährliche Rente von zehntausend Talern. Die Mutter beriet sich angesichts dieser Argumente mit der Tochter, der jedes erotische Gefühl für Goethe fremd war und die als einzige in Marienbad von Goethes Verliebtheit überhaupt nichts gemerkt hatte. Ulrike erklärte mit entwaffnender Natürlichkeit, daß sie Goethe zwar wie einen Vater liebe, ihn jedoch nur heiraten würde, wenn er ihrer Hilfe bedürfe; da er aber eine Familie habe, brauche er sie nicht. Gegen den Herzog schien die Mutter dann weniger eindeutig gewesen zu sein, er kam zu Goethe zurück ohne Zusage, aber auch ohne klare Ablehnung. Goethe blieb abends zu Hause: »Befand mich nicht wohl, schlimme Nacht.« Mehrfach mußte an den nächsten Tagen der Badearzt konsultiert werden. Durch eine Indiskretion aus unbekannter Quelle verbreitete sich die Nachricht von Goethes Werbung; Caroline von Humboldt schrieb am 12. August aus Karlsbad an ihren Mann von dem umlaufenden Gerücht, Goethe hätte geheiratet: »Doch hoffe ich, sind solche Ideen dem dreiundsiebzigjährigen Goethe fremd.« Ulrike selbst schienen die Gerüchte und der Klatsch unangenehm zu sein; darauf reagierte Goethe mit einem kleinen Gedicht für sie:

Tadelt man, daß wir uns lieben,
Dürfen wir uns nicht betrüben:
Tadel ist von keiner Kraft.
Andern Dingen mag das gelten;
Kein Mißbilligen, kein Schelten
Macht die Liebe tadelhaft.

Die Mutter hielt es in dieser Situation für ratsam, einen raschen Orts- und Personalwechsel vorzunehmen; sie fuhr mit ihren Töchtern am 17. August nach Karlsbad.

Aus Goethes Tagebuch
17. August 1823
Die Familie bereitete sich zur Reise. Man versammelte sich beim Frühstück und machte vor dem Abschied Pläne, sich wieder zu sehen. Deshalb man denn auch fröhlich auseinander ging.

Man hatte verabredet, daß Goethe wenige Tage später nach Karlsbad nachkommen sollte, um gemeinsam seinen 74. Geburtstag zu feiern. Da aus Weimar höchst beunruhigte Briefe eintrafen, fühlte sich Goethe bemüßigt, seine Familie über die Affäre zu beschwichtigen.

Goethe an seine Schwiegertochter Ottilie
18./19. August 1823
Dein Schreiben, allerliebste Tochter, kam wie aus einer andern Welt in dieses extemporierte Tags-Interesse, wo im Wirbel der verschiedensten Elemente sich ein gewisses Irrsal bewegt, das die Übel vermehrt, von welchen man sich befreien möchte. Denke nun zwischendurch vieles Würdige, das man erst erkennt, wenn es vorüber ist; so begreifst Du das Bittersüße des Kelchs, den ich bis auf die Neige getrunken und ausgeschlürft habe ...

Das waren taktische Formulierungen; die Sache war noch nicht ausgestanden. Am 20. August verließ Goethe Marienbad, machte in Eger Station und schrieb von dort an Ulrike:

Dieser Sendung wird die allerliebste Ulrike wohl ein heitres Gesichtchen zuwenden, das ihr so wohl steht. Die Klaviernoten sind vom Großpapa, die Stimmen vom wohlbekannten Freunde, da sie vielleicht gelegentlich angenehm sein könnten. Wie befindet sich die liebe Mutter? Mit ihren schönen Kindern? Tausend Grüße, Wünsche und dergleichen.

Treulich wie immer, diesmal ungeduldig, Goethe.

Am 25. August traf er in Karlsbad ein, stieg jedoch nicht wie sonst im Hotel »Drei Mohren« ab, sondern im »Goldenen Strauß«, wo auch die Levetzows wohnten. »Schönes Quartier, schöne Aussicht«, notierte er doppelsinnig im Tagebuch. Die nächsten Tage verbrachte er in ständiger Gesellschaft der Familie, machte mit ihr an seinem Geburtstag einen Ausflug und erhielt als Geschenk ein Trinkglas mit eingraviertem Datum und den Namen der drei Töchter. Die Tage vergingen mit Spiel und Scherz in vollkommener Harmonie; über den Heiratsantrag wurde kein Wort gesprochen. Erst am letzten Tag, dem 5. September muß die Mutter zu Goethe eine abschließende, klärende Bemerkung gemacht haben, denn anders wäre sein plötzlicher Stimmungswechsel von der ausgeglichensten Heiterkeit in eine tiefe Depression kaum zu erklären. Goethe wird Ulrike nie wiedersehen. Auf der Rückreise, unterwegs in der Kutsche, abends in den Gasthäusern und Poststationen entstand zwischen dem 5. und 9. September jenes letzte große Liebesgedicht Goethes, das seinen Verehrern die ungleiche Liaison verzeihlich machte und das in die Weltliteratur eingegangen ist als »Marienbader Elegie«.

Goethe im Alter von 82 Jahren. Von Schwerdgeburth. 1832

Was soll ich nun vom Wiedersehen hoffen?
Von dieses Tages noch geschlossner Blüte?
Das Paradies, die Hölle steht dir offen,
Wie wanckelsinnig regt sich's im Gemüthe! —
Kein Zweifeln mehr! Sie tritt ans Himmelsthor,
Zu Ihren Armen hebt Sie dich empor.

So warst du denn im Paradies empfangen
Als wärst du werth des ewig schoenen Lebens;
Dir blieb kein Wunsch, kein Hoffen, kein Verlangen,
Hier war das Ziel des innigsten Bestrebens,
Und in dem Anschaun dieses einzig Schoenen
Versiegte gleich der Quell sehnsüchtiger Thränen.

Wie regte nicht der Tag die raschen Flügel,
Schien die Minuten vor sich her zu treiben!
Der Abendkuss, ein treu verbindlich Siegel
So wird es auch der nächsten Sonne bleiben.
Die Stunden glichen sich in zartem Wandern
Wie Schwestern zwar doch keine ganz den andern.

Der Kuss der letzte, grausam süss, zerschneidend
Ein herrliches Geflecht verschlungner Minnen;
Nun eilt, nun stockt der Fuss die Schwelle meidend,
Als trieb ein Cherub flammend ihn von hinnen;
Das Auge starrt auf düstrem Pfad verdrossen.
Es blickt zurück die Pforte steht verschlossen

Marienbader Elegie

Was soll ich nun vom Wiedersehen hoffen,
Von dieses Tages noch geschloßner Blüte?
Das Paradies, die Hölle steht dir offen;
Wie wankelsinnig regt sich's im Gemüte! –
Kein Zweifeln mehr! Sie tritt ans Himmelstor,
Zu ihren Armen hebt sie dich empor.

So warst du denn im Paradies empfangen,
Als wärst du wert des ewig schönen Lebens;
Dir blieb kein Wunsch, kein Hoffen, kein Verlangen,
Hier war das Ziel des innigsten Bestrebens,
Und in dem Anschaun dieses einzig Schönen
Versiegte gleich der Quell sehnsüchtiger Tränen.

Wie regte nicht der Tag die raschen Flügel,
Schien die Minuten vor sich her zu treiben!
Der Abendkuß, ein treu verbindlich Siegel:
So wird es auch der nächsten Sonne bleiben.
Die Stunden glichen sich in zartem Wandern
Wie Schwestern zwar, doch keine ganz den andern.

Der Kuß, der letzte, grausam süß, zerschneidend
Ein herrliches Geflecht verschlungner Minnen.
Nun eilt, nun stockt der Fuß, die Schwelle meidend,
Als trieb' ein Cherub flammend ihn von hinnen;
Das Auge starrt auf düstrem Pfad verdrossen,
Es blickt zurück, die Pforte steht verschlossen.

Und nun verschlossen in sich selbst, als hätte
Dies Herz sich nie geöffnet, selige Stunden,
Mit jedem Stern des Himmels um die Wette,
An Ihrer Seite leuchtend nicht empfunden,
Und Mismuth, Reue, Vorwurf, Sorgenschwere
Belastens nun in schwüler Atmosphaere.

Ist denn die Welt nicht übrig? — Felsenwände
Sind sie nicht mehr gekrönt von heiligen Schatten?
Die Erndte reift sie nicht? Ein grün Gelände
Zieht sich's nicht hin am Fluss durch Busch u. Matten?
Und wölbt sich nicht das überweltlich Grosse,
Gestaltet bald und bald gestaltenlose?

Wie leicht und zierlich, klar und zart gewoben,
Schwebt, Seraphgleich, aus ernster Wolken Chor,
Als glich es Ihr, am blauen Aether droben,
Ein schlanck Gebild aus lichtem Duft empor;
So sahst du Sie in frohem Tanze walten
Die lieblichste der lieblichsten Gestalten.

Doch nur Momente darfst dich unterwinden
Ein Luftgebild statt Ihrer fest zu halten;
In's Herz zurück! dort wirst du's besser finden,
Dort regt Sie Sich in wechselnden Gestalten;
Zu Vielen bildet Eine Sich hinüber,
So tausendfach, und immer immer lieber

Und nun verschlossen in sich selbst, als hätte
Dies Herz sich nie geöffnet, selige Stunden
Mit jedem Stern des Himmels um die Wette
An ihrer Seite leuchtend nicht empfunden;
Und Mißmut, Reue, Vorwurf, Sorgenschwere
Belasten's nun in schwüler Atmosphäre.

Ist denn die Welt nicht übrig? Felsenwände,
Sind sie nicht mehr gekrönt von heiligen Schatten?
Die Ernte, reift sie nicht? Ein grün Gelände,
Zieht sich's nicht hin am Fluß durch Busch und Matten?
Und wölbt sich nicht das überweltlich Große,
Gestaltenreiche, bald Gestaltenlose?

Wie leicht und zierlich, klar und zart gewoben
Schwebt, seraphgleich, aus ernster Wolken Chor,
Als glich' es ihr, am blauen Äther droben,
Ein schlank Gebild aus lichtem Duft empor;
So sahst du sie in frohem Tanze walten,
Die lieblichste der lieblichsten Gestalten.

Doch nur Momente darfst dich unterwinden,
Ein Luftgebild statt ihrer festzuhalten;
Ins Herz zurück, dort wirst du's besser finden,
Dort regt sie sich in wechselnden Gestalten;
Zu vielen bildet Eine sich hinüber,
So tausendfach, und immer, immer lieber.

Wie zum Empfang Sie an den Pforten weilte
Und mich von dannauf stufenweis beglückte,
Selbst nach dem letzten Kuß mich noch ereilte,
Den letztesten mir auf die Lippen drückte;
So klar beweglich bleibt das Bild der Lieben,
Mit Flammenschrift in's treue Herz geschrieben.

In's Herz das fest wie zinnenhohe Mauer
Sich Ihr bewahrt und Sie in sich bewahret
Für Sie sich freut an seiner eignen Dauer,
Nur weis von sich wenn Sie Sich offenbaret;
Sich freyer fühlt in so geliebten Schrancken
Und nur noch schlägt für alles Ihr zu dancken.

War Fähigkeit zu lieben, war Bedürfen
Von Gegenliebe weggelöscht, verschwunden;
Ist Hoffnungslust zu freudigen Entwürfen,
Entschlüssen, rascher That sogleich gefunden!
Wenn Liebe je den Liebenden begeistet
Ward es an mir auf's lieblichste geleistet;

Und zwar durch Sie. — Wie lag ein innres Bangen
Auf Geist und Körper, unwillkommner Schweere;
Von Schauerbildern rings der Blick umfangen
Im wüsten Raum beklommner Herzensleere;
Nun dämmert Hoffnung von bekannter Schwelle,
Sie selbst erscheint in milder Sonnenhelle.

Wie zum Empfang sie an den Pforten weilte
Und mich von dannauf stufenweis beglückte;
Selbst nach dem letzten Kuß mich noch ereilte,
Den letztesten mir auf die Lippen drückte:
So klar beweglich bleibt das Bild der Lieben,
Mit Flammenschrift ins treue Herz geschrieben.

Ins Herz, das fest wie zinnenhohe Mauer
Sich ihr bewahrt und sie in sich bewahret,
Für sie sich freut an seiner eignen Dauer,
Nur weiß von sich, wenn sie sich offenbaret,
Sich freier fühlt in so geliebten Schranken
Und nur noch schlägt, für alles ihr zu danken.

War Fähigkeit zu lieben, war Bedürfen
Von Gegenliebe weggelöscht, verschwunden;
Ist Hoffnungslust zu freudigen Entwürfen,
Entschlüssen, rascher Tat sogleich gefunden!
Wenn Liebe je den Liebenden begeistet,
Ward es an mir aufs lieblichste geleistet;

Und zwar durch sie! – Wie lag ein innres Bangen
Auf Geist und Körper, unwillkommner Schwere:
Von Schauerbildern rings der Blick umfangen
Im wüsten Raum beklommner Herzensleere;
Nun dämmert Hoffnung von bekannter Schwelle,
Sie selbst erscheint in milder Sonnenhelle.

Dem Frieden Gottes, welcher euch hienieden
Mehr als Vernunft beseliget — wir lesen's —
Vergleich ich wohl der Liebe heitern Frieden.
In Gegenwart des allgeliebten Wesens;
Da ruht das Herz, und nichts vermag zu stören
Den tiefsten Sinn, den Sinn Ihr zu gehören.

In unsers Busens Reine wogt ein Streben
Sich einem höhern, reinern, unbekannten,
Aus Danckbarkeit freywillig hinzugeben
Enträthselnd sich den ewig ungenannten;
Wir heissen's: fromm seyn! — Solcher seligen Höhe
Fühl ich mich theilhaft wenn ich vor Ihr stehe.

Vor Ihrem Blick, wie vor der Sonne Walten,
Vor Ihrem Athem, wie vor Frühlingslüften
Zerschmilzt, so längst sich eisig starr gehalten,
Der Selbstsinn tief in winterlichen Grüften;
Kein Eigennutz, kein Eigenwille dauert,
Vor Ihrem Kommen sind sie weggeschauert.

Es ist als wenn Sie sagte: Stund um Stunde
Wird uns das Leben freundlich dargeboten,
Das Gestrige lies uns geringe Kunde,
Das Morgende! Zu wissen ist's verboten;
Und wenn ich je mich vor dem Abend scheute,
Die Sonne sanck und sah noch was mich freute.

Dem Frieden Gottes, welcher euch hienieden
Mehr als Vernunft beseliget – wir lesen's –,
Vergleich' ich wohl der Liebe heitern Frieden
In Gegenwart des allgeliebten Wesens;
Da ruht das Herz, und nichts vermag zu stören
Den tiefsten Sinn, den Sinn, ihr zu gehören.

In unsers Busens Reine wogt ein Streben,
Sich einem Höhern, Reinern, Unbekannten
Aus Dankbarkeit freiwillig hinzugeben,
Enträtselnd sich den ewig Ungenannten;
Wir heißen's: fromm sein! – Solcher seligen Höhe
Fühl' ich mich teilhaft, wenn ich vor ihr stehe.

Vor ihrem Blick, wie vor der Sonne Walten,
Vor ihrem Atem, wie vor Frühlingslüften,
Zerschmilzt, so längst sich eisig starr gehalten,
Der Selbstsinn tief in winterlichen Grüften;
Kein Eigennutz, kein Eigenwille dauert,
Vor ihrem Kommen sind sie weggeschauert.

Es ist, als wenn sie sagte: »Stund' um Stunde
Wird uns das Leben freundlich dargeboten,
Das Gestrige ließ uns geringe Kunde,
Das Morgende, zu wissen ist's verboten;
Und wenn ich je mich vor dem Abend scheute,
Die Sonne sank und sah noch, was mich freute.

Drum thu wie Ich und schaue, froh verständig,
Dem Augenblick in's Auge! Kein Verschieben!
Begegn' ihm schnell, wohlwollend wie lebendig,
Im Handeln sey's, zur Freude, sey's dem Lieben;
Nur wo du bist sey alles, immer kindlich,
So bist du alles, bist unüberwindlich."

Du hast gut reden dacht' ich, Zum Geleite
Gab dir ein Gott die Gunst des Augenblickes,
Und jeder fühlt, an deiner holden Seite,
Sich Augenblicks den Günstling des Geschickes;
Mich schreckt der Winck von Dir mich zu entfernen,
Was hilft es mir so hohe Weisheit lernen!

Nun bin ich fern! Der jetzigen Minute
Was ziemt denn der? Ich wüßt es nicht zu sagen;
Sie bietet mir zum Schönen manches Gute,
Das lastet nur, ich muß mich ihm entschlagen.
Mich treibt umher ein unbezwinglich Sehnen,
Da bleibt kein Rath als gränzenlose Thraenen.

So quellt denn fort! und fliesset unaufhaltsam;
Doch nie gelängs die innre Glut zu dämpfen!
Schon rast's und reisst in meiner Brust gewaltsam,
Wo Tod und Leben grausend sich bekämpfen.
Wohl Kräuter gaeb's des Körpers Quaal zu stillen;
Allein dem Geist fehlt's am Entschluss und Willen;

Fehlt's am Begriff: wie sollt er Sie vermissen?
Er wiederholt Ihr Bild zu tausendmalen.
Das zaudert bald, bald wird es weggerissen,
Undeutlich jetzt und jetzt im reinsten Stralen;
Wie könnte dies geringstem Troste frommen?
Die Ebb' und Flut, das Gehen wie das Kommen!

Drum tu' wie ich und schaue, froh-verständig,
Dem Augenblick ins Auge! Kein Verschieben!
Begegn' ihm schnell, wohlwollend wie lebendig,
Im Handeln sei's, zur Freude, sei's dem Lieben;
Nur wo du bist, sei alles, immer kindlich,
So bist du alles, bist unüberwindlich.«

Du hast gut reden, dacht' ich, zum Geleite
Gab dir ein Gott die Gunst des Augenblickes,
Und jeder fühlt an deiner holden Seite
Sich augenblicks den Günstling des Geschickes;
Mich schreckt der Wink, von dir mich zu entfernen,
Was hilft es mir, so hohe Weisheit lernen!

Nun bin ich fern! Der jetzigen Minute,
Was ziemt denn der? Ich wüßt' es nicht zu sagen;
Sie bietet mir zum Schönen manches Gute,
Das lastet nur, ich muß mich ihm entschlagen;
Mich treibt umher ein unbezwinglich Sehnen,
Da bleibt kein Rat als grenzenlose Tränen.

So quellt denn fort und fließet unaufhaltsam!
Doch nie geläng's, die innre Glut zu dämpfen!
Schon rast's und reißt in meiner Brust gewaltsam,
Wo Tod und Leben grausend sich bekämpfen.
Wohl Kräuter gäb's, des Körpers Qual zu stillen;
Allein dem Geist fehlt's am Entschluß und Willen,

Fehlt's am Begriff: wie sollt' er sie vermissen?
Er wiederholt ihr Bild zu tausendmalen.
Das zaudert bald, bald wird es weggerissen,
Undeutlich jetzt und jetzt im reinsten Strahlen;
Wie könnte dies geringstem Troste frommen,
Die Ebb' und Flut, das Gehen wie das Kommen?

Verlaßt mich hier, getreue Weggenossen!
Laßt mich allein am Fels, in Moor und Moos;
Nur immer zu! euch ist die Welt erschlossen,
Die Erde weit, der Himmel hehr und gros;
Betrachtet, forscht, die Einzelnheiten sammelt,
Naturgeheimniß werde nachgestammelt.

Mir ist das All, ich bin mir selbst verlohren,
Der ich noch erst den Göttern Liebling war;
Sie prüften mich verliehen mir Pandoren,
So reich an Gütern, reicher an Gefahr;
Sie drängten mich zum gabeseligen Munde,
Sie trennen mich, und richten mich zu Grunde.

Verlaßt mich hier, getreue Weggenossen!
Laßt mich allein am Fels, in Moor und Moos;
Nur immer zu! euch ist die Welt erschlossen,
Die Erde weit, der Himmel hehr und groß;
Betrachtet, forscht, die Einzelheiten sammelt,
Naturgeheimnis werde nachgestammelt.

Mir ist das All, ich bin mir selbst verloren,
Der ich noch erst den Göttern Liebling war;
Sie prüften mich, verliehen mir Pandoren,
So reich an Gütern, reicher an Gefahr;
Sie drängten mich zum gabeseligen Munde,
Sie trennen mich, und richten mich zu Grunde.